U0689149

告诉我，能超过来，撞过来，能流到最终的是抱着孩子的母亲，或者说，是母亲带着的孩子。孩子能流过来，因为他有母亲，母亲也能撞过来，因为他有孩子。

在纽约坐地铁，常常看见妇女抱着孩子，有人这样抱着，有人那样抱着，有人用手臂把孩子背在后面，或者乎在前面，或者跨在左边。背孩子用的布兜，有各种款式，上头有各式各样的图案。都是爱。我劝一位摄影的朋友，以母亲背孩子的题材，把各式各样背孩子的精选拍下来，看，到底孩子有多少种背法。他说背孩子抱孩子的方法很多，有一个民族把孩子顶在头上。我说那不是危险吗，孩子掉下来怎么办，他说不会掉下来，因为那是他自己的孩子。

（1995）

王鼎钧手稿：母亲节感言

灵 感

王鼎钧

浙江出版联合集团

浙江文艺出版社

图书在版编目(CIP)数据

灵感 / 王鼎钧著. —杭州:浙江文艺出版社,2017.3
ISBN 978-7-5339-4736-1

Ⅰ.①灵… Ⅱ.①王… Ⅲ.①小品文—作品集—中国—当代 Ⅳ.①I267.3

中国版本图书馆 CIP 数据核字(2016)第 296956 号

感谢杨传珍教授联系提供简体中文版权

策划统筹　邹　亮

责任编辑　张　雯

装帧设计　王　芳

责任校对　陈　玲

责任印制　朱毅平

灵感

王鼎钧　著

出版　浙江文艺出版社
地址　杭州市体育场路 347 号　邮编　310006
网址　www.zjwycbs.cn
经销　浙江省新华书店集团有限公司
印刷　浙江海虹彩色印务有限公司
开本　880 毫米×1230 毫米　1/32
字数　153 千字
印张　8
插页　6
印数　1-10000
版次　2017 年 3 月第 1 版　2017 年 3 月第 1 次印刷
书号　ISBN 978-7-5339-4736-1
定价　35.00 元

前　言

　　我写《灵感》，先是受了古人诗话和笔记的影响，后来又加上今人"手记文学"的启发。他们记下刹那间的灵感，倘若加以发展，可以有柳暗花明之趣，如今点到为止，也颇晶莹隽永，可供欣赏。鸟可爱，雏亦可爱，花果可爱，胚芽也可爱。灵感的可爱在那灵光闪过，灵思涌现，"晨露初滴，新桐乍引"，在那初创的姿容。既然这些短文能够独立存在，供人欣赏，视之为完成的作品，亦无不可。

　　对于只有零碎时间的现代人，这是一卷闲适小品，阅读时轻松愉快，没有压力。对于年轻一代的文学人口，它又可以是灵感标本的展览，热爱写作的朋友无须觉得灵感神秘，无须慨叹灵感难得，同类生同类，读这本书，可以从别人的灵感中来，到自己的灵感中去。

简体字版的《灵感》补充了很多新写的条目，还增加了五篇讲话，提供实践的经验。本书已在海外地区做出许多贡献，现在焕然一新，呈现给广大的简体字读者。

王鼎钧

目　录

灵　感

1

游湖遇雨可不是玩儿的，因为那是一场夏天的雷雨。湖面空旷，没有任何依傍遮盖可以生苟安之想，而密密的雨柱不啻是一张电网，有千万条线可以接通天上的闪电。小舟摇荡，舟中游湖的人都面无人色，只有一人泰然自若。登岸以后，有人问他怎有这么大的胆子，他说：

"没什么，我在湖中一直思量生平认识的那些恶人，他们都健康长寿，一想到他们我就有了信心，像我这样一个安分守己的人，是不会在湖心横死的。"

2

戏台上响着锣鼓，锣声那么响亮，连地狱里的鬼魂都听得见。我找到自己的座位，松一口气。

我说，希望今天曹操不要逼宫。

同来的朋友说，剧情早就编好了，戏码早就排定了，曹操不逼宫，你教他干什么？

我说，你看这场面，明锣明鼓，万头攒动，伤天害理的事，他怎做得出来？朋友笑了。这些人都知道曹操会逼宫，他们来，就是为了看这一幕。他们和曹操之间有默契。

我将信将疑，可是，他的话果然。

3

一夜北风紧,长河冰封,坚硬的河面仍然有波浪前进的队形,看上去是风的姿态,是鱼的姿态,是龙的姿态。

虽然停止了溅溅的浅唱,河并没有死,并没有睡,河只是让冬神拍了一张照片。凝固了的波浪反而证明河有生命。

看过奔腾的冰,该知道河不会冻死。果然,第二年早春,河就从冬眠中醒来,连一个懒腰都不伸,匆匆上路,要把一冬天耽搁的行程赶完。

4

阿拉伯人常说,上帝要谁快乐,先使他失去他的驴子,再使他找到他的驴子。

想那阿拉伯人在找到驴子之时,抱着驴子亲吻,围着驴子跳舞,大叫,我的驴子!这是我的驴子!

上帝对阿拉伯人毕竟慈悲,在别的地方,上帝要谁快乐,先使他失去他的驴子,再使他收到一条卤过的驴腿。

因为作料不是照自己的意思调配,肉味未必可口,而且一想到是自己心爱的驴,更是增加胃酸。不过用它来下酒就无所谓,菜的缺点,酒能遮盖。

5

牛垂垂老矣，快要拖不动那张春犁了。农夫对妻子说，不如现在就杀牛卖肉，再过两年，恐怕肉也嚼不烂了。

于是牛死，农夫收进一笔钱，全村的人都吃清炖牛肉、红烧牛肉和卤牛肉。

农夫对邻人说，这条牛给我耕田耕了十年，我得好好葬它才是。

农夫寻了一处地方，挖了一个大穴，把牛头摆在前面，牛尾摆在后面，四肢牛蹄摆在四角，仔仔细细填了土，虽然不是全尸，总算意思到了。他把牛葬了，对得起牛，他把牛杀了，对得起养牛的自己，吹起口哨，心安理得。

6

不错，自尊心是人类的一大富源。你可曾发现保持自尊的难处在哪里？你若在一人之前坚持自尊，势将在众人之前失去自尊；若在众人之前维持自尊，势须在一人之前牺牲自尊。

7

该完了的事就让它完，勉强延长下去多半不美。杨玉环的故事不在马嵬坡结束，偏要发展出道士作法求仙一段尾巴，惹得有考据癖的人"假设"贵妃流落异国做了妓女。唉，与其有余，毋宁不足。

8

伪善者手持《圣经》之前，先沐浴，更衣，吃八卦丹；虔诚的信徒手持《圣经》之前，也要沐浴，更衣，吃八卦丹。两者不易分辨。如果长时间观察，或可发现伪善者的八卦丹越吃越多，虔诚的人则越吃越少。

9

弱者无口号。

10

有人百炼成钢，有人百炼成灰。

11

壮士徒手搏蚊用全力。

12

这话可以印在日记本上：
"年年座右铭，能知不能行。"

不可无法官，但有法官就有酷吏。

不可无医生，但有医生就有庸医。

于是，世人往往以"不可无法官"来为酷吏辩护，以"不可无医生"来为庸医辩护。

有人接到女朋友的绝交信，越看越冒火，一怒之下把信烧了。

冷静了，不免后悔。无论如何那信是女朋友最后的手迹，分开来看每一个字，和那些情书里的字完全一样，其中有她秀丽的影子。

可是信已烧掉了，怎么办？幸而灰烬还在，他小心翼翼地把灰烬收起来，装在一个玻璃盒子里。

他每天对着灰烬想那些字。他用那些字造句，造许多情意绵绵的句子。他不断润饰那些句子。他一再排列那些句子。慢慢地，他觉得那些句子很真实，灰烬就是那些句子曾经存在的证据。

一天，远方的亲戚来探访他，问起玻璃盒子里的事物，他兴奋地说："爱情！你明白吧，伟大的爱情！"他抑扬顿挫地念出一封情书来。

啊，多么缠绵的爱情！它怎么变成了一堆死灰？

"爱情不但是伟大的，也是神秘的。"他不禁口沫横飞。"有一天，我重读这封信，读着读着，它忽然发光发热，变成了一团火。"

15

私塾先生一面打盹，一面听蒙童念念有词：

人必自侮，而后人侮。

听来听去，怎么越听越离谱，怎么念的好像是：

人不自侮，皆为人侮。

他打开《孟子》，找到原文，慎重地核对了，正想吆喝一声纠正他们，不料孩子们的读法又变了：

人人自侮，人人侮人。

私塾先生悚然。这显然不是孟子的话，怎么好像也很对？

16

身为酒保的人照例围着白色围裙，围着白围裙的人并不一定要用围裙擦酒杯。所以，身为酒客的他，有一次忍不住了：

"酒杯很干净，何必再擦呢？"

"酒杯里如果有水汽，酒就不能保持原味，"酒保殷勤地把擦过的酒杯放在他面前。"所以，您每次来，我都把酒杯再擦一遍。"

"那，为什么要用围巾？"

酒保的声音里有被人辜负的不悦："因为您是常客，您是高尚的绅士，我才用围裙擦您的酒杯。我的围裙比抹布干净。"

17

"干燥"有一种香味。冬天，我们为什么要围炉？仅仅是为了驱寒吗？不，我们贪恋，当寒湿全被驱走以后，干燥的空气中泛着的淡香。

太阳是世界上最大的香水喷洒机。

18

等什么？等春天。

春天来了等什么？等诗。

冬天要抗寒，夏天要抗热。到春天，什么也无须抵抗，全身放松，望着蜘蛛吊在发亮的细丝上打秋千，目的可不是为了发明钟摆。

心门敞开。为了诗，不设防。

19

眼是海。

只有女人的眼睛才是海。

只有美女的眼睛，在她的情人的心目中，才是真正的海。

"为什么有人用大海比喻眼睛？"千万别问这样的问题，发出这种问题来的人，没爱过美女，没见过美女。

海能把冒险的男人淹死，眼波也能。

与美女同席的乐趣就在这里：听惊涛拍岸，看孤帆远影天涯尽。

20

大兵可以在炮声中熟睡，机关枪声却把他惊醒了。

母亲睡着了，闹钟的铃声闹不醒，婴儿的哭声却一下子就把她闹醒了。

在办公室里打瞌睡的人，电话铃声响十下，他才听得见；下班铃声响一下，他就听见了。

21

教授说了一个比喻，解释什么是古典，什么是现代。

他说：一个读初中的女孩发觉一个同班的男生追求她，

她决定置之不理。可是有一天，她打开抽屉吓了一跳，抽屉里面的木板上刻了三个大字："我爱你"，刀痕很深，深得教人心惊肉跳。

她知道这是谁干的，就去问她的嫂嫂："如果我仍然不理他，他会怎么办？"

嫂嫂告诉她：这要看他是一个什么样的人。如果他是一个古典的骑士，他下次用刀在自己身上刻字；如果他是个"现代"男子汉，他下次要用刀在"你"身上刻字。

22

坐在戏院里看《斩窦娥》，听见后座有两个少妇谈话：

"这个绑着的人就是窦娥吗？"

"就是她。"

"这样的人该杀！"

"你弄错了，她是无辜的。幸亏老天帮她的忙，特地在夏天六月下了一场大雪，惊动官府，平反了她的冤屈。"

"这样讨厌的人死了最好，老天为什么要帮她的忙？"

"你为什么这样说？"

"你看那个窦娥的长相，跟我婆婆一样。在这世界上我最讨厌的人，就是我婆婆。"

23

一个文弱清秀的人来看医生，他满面愁容。

他说："每逢坐船过海，我站在甲板上望水天一色，就有一种冲动：想跳下去。每逢登上高楼大厦，看见地面上行人像蚂蚁，汽车像火柴盒，就觉得跳下去有多痛快。医生，您看我会不会有一天失去控制，纵身一跳？"

医生安慰他一番，给他一服镇静剂。

过了几天，又有一个高大健壮的人来看医生。

他说："每次乘船过海，站在甲板上看那汪洋一片、无边无岸，我就有一种冲动，想把站在我旁边的人推下海去。有时候登上高塔，跟同游的人伸出头去看塔外的风景，我又有一种冲动，想把同游的人推出塔外。您看我会不会有一天真的做出这种事来？"

医生又说了许多话安慰他，给他开了一服镇静剂。医生对护士说："我现在才知道，世界上有两种人，一种人自己想跳下去，还有一种人想把别人推下去。只要这两种人配搭得好，世界是很可爱的。"

24

丈夫得了暴病，突然死亡，死前用他仅有的几秒钟时间，指着摇篮，望着太太，口里说："孩子，孩子！"

太太连忙俯在他的身边，轻轻地说："我一定好好抚养他，让他做个堂堂正正的男人。"

丈夫断了气，眼睛是睁着的，他还有什么心事，太太始终猜不出。

丧事办完以后，痛定思痛，太太这才恍然大悟：前年丈夫生过一场大病，痊愈以后，右耳失去听觉，她这几年都是站在左边跟丈夫谈话。不幸临终慌乱，而且只有几秒钟时间，一时忘了选择，她的誓言是俯在丈夫的右边说出来的，恐怕他并没有听见。

太太年年带着孩子到墓地去，重新再说一遍："我一定尽力抚养他长大成人，让他做一个堂堂正正的男人。"声音很长，而且站在死者的左边。

25

考古家从地下挖出来一块秤砣模样的金属，光滑坚硬，千年无锈。反复研究，不知道是什么东西。

不久，另一个考古家，从另一个地方，挖出类似的东西来。然后，各地考古家都有同样的发现。

这些考古家聚首一堂，集思广益，终于弄清楚了：他们挖出来的是古代忠勇义烈之士的心脏，那些古人的一切都腐烂了，生平行谊也湮没不传，只有耿耿此心，化为金石。

26

有一部纪录片，摄了很多难得一见的珍贵镜头：两只鸟接吻，两条蛇拥抱，猫在狗的头上玩耍，老鼠把尾巴伸进溪水里钓鱼。看到这部电影的人都觉得很惊奇。

"你怎么能拍到这些镜头？"有人问导演。

"我的秘诀是：等。花不开，你等它开；鸟不叫，你等它叫。只要你肯等，理想的情况自然会出现。"

27

教授说："用一个比喻形容敏感。"

学生说："蜗牛的触角。"

教授说："用一个比喻形容痛苦。"

学生说："蜗牛在干燥的土地上爬行。"

教授说："用一个比喻形容方便。"

学生说："蜗牛带着自己的房子走路。"

教授说："用一个比喻形容自私。"

学生说："一个蜗牛绝不让另一个蜗牛钻进它的壳里。"

教授说："用一个比喻形容危机。"

学生说："蜗牛把它的壳弄丢了。"

教授问："怎么说来说去都是蜗牛？"

学生答："因为我的名字叫蜗牛。"

28

我的心是磁石，你的心是一块铁。

我的心是磁石，你的心是一块很大的铁。

有一天，你的心碎了，我把你的心一小块一小块吸过来，再重新组好。

29

博物馆里有一头象，一头用象牙雕刻的象，摆在玻璃盒子里，有拇指那么大。

据说这是一件艺术品，可是怎么看也不像是一头象，越看越觉得滑稽，因为它太小。

象是陆地上最大的动物，通常有十一英尺高，三吨重，风度大方，性情温和。这种温柔跟大方，要一头真正的大象才能够表现出来。

大象喜欢用蹄子践踏篱笆，有一头象把一排篱笆都踹倒了，单单留下最后一段。篱笆上有一个鸟窝，里面住着小鸟。大象不但没有伤害它们，还用鼻子替它们吹风。

这件事情教人觉得很温暖，但是象的身体太小了，你想到它比鸟还小就温暖不起来。

30

有人能带着山流浪，即使像泰山那样高大的岳。

抱着泰山在云月下滚过八千里路。这样的人滚动得很慢，他有这么沉重的包袱。

当他看玉山的时候，他把泰山放在玉山上。看一块假山石的时候，把那块多窍的石头放在泰山上。

有时候，没处放山，就让那山压着他的后颈。

移山不难，难的是放在哪里。

31

一个诗人说，他的名字"写在水上"。

瀑如匹练，江如铺锦，海如飘飘大旗。以日月光华为笔，临空挥洒，水流而字不动，神笔也。

有些人的名字是写在风里，碰上风车就团团转，碰上空穴就呜呜响，卷进风沙中就迷失。有些人根本没有名字。

32

在一个"速度"的世界里，一切都太快了。

将来还要更快，一秒钟可以由伦敦到华盛顿。

那种速度足以使一个人化成粉末，并且一粒一粒排列起来，由这半球排到那半球。然后被植物的叶子吸进，过滤，消失。

将来会有人用这种方式自杀。

在某种高速下，如果两个人猝然相遇，可能合为一体。现在已经有人在想了：用这种方式结婚倒不坏。

33

黄莺叫得真好听，连树影动都不动一下。

我说："听，这充满青春的歌声。"

养鸟的朋友噗嗤一笑："青春？老了，这只黄莺我已经养了好多年，算起来早已超过了祖母的辈分。"

人有人性，物有物性，黄莺虽老，歌声、叫声却永远是娇嫩的。

34

这儿已经是山顶了，偏偏还有一块很大的岩石，岩石上面偏偏还有一层土壤，偏偏长出了一棵松树，岩石之上偏偏还有一块岩石，压住了树根。松树就在两块岩石中间的缝隙里探出身子来，长得又粗又直，应该说是又长。

这棵松树也不知道在这里长了几百几千年，根须为了寻找养分，一条条穿透稀薄的土层，从岩石上垂下来。树干早已够粗了，还想长得再粗一点，为了它，上面那块石头必须稍稍移动重心，让出更多的空间，它像一个楔子一样逼进。

有一天，这块大石也许要滚下来，如果这样的事情发生了，头重根轻的松树也势必要掀开土壤，朝着山谷倒栽下去。

如果没有松树，这儿也就不会成为大地一景。

幸亏松树长得很慢。

尽管很慢，可是松树总是在暗中不停地增长。

有人从四面八方来登山览胜，看看自然界奇妙的平衡。其中有一部分人今年来过，明年还要来，后年还要来，他们来看岩石和松树到底还在不在原来的地方。

35

勇者生存在敌人的恐惧懦弱之中。

弱者生存在敌人的疏忽藐视之中。

36

古人说："贵易交，富易妻。"

其实贱亦易交，贫亦易妻。古人未说过，我们说。

37

健康的人用不着医生？不然，他要做健康检查。

义人用不着救主？不然，要预防被人陷害。

你看，耶稣也有说错了的话。

他很穷，居住条件差，半夜起来捉臭虫。这样，睡眠就不够了。臭虫是捉不完的，长年睡眠不足，亏损体力，就得了心脏病。臭虫不知道他有病，照样咬他，他照样夜夜和臭虫肉搏，没多久，他死了。

在阴曹地府，小鬼把阎王的判决书交给他，判决主文是：

此人生前杀生太多，罚入地狱受苦，不许超生。

暖风熏得游人醉。醉翁之意在酒。酿酒人在山水间。山水在画中。画在当铺里。

白头宫女在，闲坐说玄宗。
只可说玄宗，不可说肃宗。

大树到了夜晚，就在树干上挂出许多面孔。

42

我们都是一些影子
日落以后就消失了
现今大楼流行玻璃大门，你带着影子
走近了，日光斜射，反光消去了人影。
奇怪不奇怪，可怕不可怕，
我怎会没有影子？我怎会没有影子？

43

一人有洁癖，后来得了一种病，病因是体内碳酸气过
少，必须常常对着一个牛皮纸袋呼吸，把自己吐出来的浊气
再吸回去。他对我说：你看，这就是报应。

44

君子动口——教唆犯
小人动手——现行犯
*
君子动手——实干硬干
小人动口——光说不练

我当年在西安吃过回民馆子里做的牛羊肉饼，那是当地有名的产品，饼中夹肉，放在吊炉里烤黄，热油淋漓，香气四溢，你就别提有多好吃了！

年轻时想起这种肉饼就口角流涎。老大以后，想还是常常想到，反应完全不同，只觉胆固醇往脑血管里冲。

让那爷儿俩吵嘴去，不必多听，他们吵的无非是这个。

46

有些话只有亿万富豪能说，普通人不能说，例如对当年初恋的对象说："我到现在仍然爱你。"

有些话只能由穷人说，富人不能说，例如："我爱上帝胜于一切。"

有些话只能在二十岁以前说，倘若不说，以后就永远没有机会了。这种话，每人都有一箩筐。

47

"天下名山僧占多"，在崇山峻岭之间盖一座堂皇的大庙殊非易事，单说那些建筑材料吧，你怎么运上山去，那是多少人，流了多少汗，甚至流了多少血！

可是你去进香的时候有人会告诉你，那些石方是一群一群野兽变的，那些瓦片是一群一群飞鸟变的，所有的建筑材料都是自己走过来的。这一切成就跟劳苦大众没有关系。

这也难怪，飞鸟变瓦的故事听来多舒服，轻飘飘解决了问题，不费你我半点正义感和同情心。

48

有爱，有痛苦。

没有爱，空虚。

当"爱"是名词时，是原则。

当"爱"是动词时，是运气。

49

三十岁以前说真话，人家认为他幼稚。

六十岁以后说假话，人家认为他幼稚。

50

燕子不吃落地的，麻雀不吃喘气的。

这就叫生活方式。

这就叫命。

51

我碰见的乞儿大都有好的歌喉，在地下车里的走道上边走边唱，唱着祝福别人，走着等待施舍，他的祝福很有诚意，这很难得，数来宝的人就做不到。

盲丐如果两眼合闭，容貌会好看得多。但他总是用力翻着眼白，希望看见两旁坐着的吝啬的硬心肠的不肯拿出一毛钱来的家伙长得什么模样。"瞽者不忘视"有些可怕。

要吸，不要呼。人死时，最后一口气是呼出来的。可是只吸不呼也没命。可贵在呼出以后立即能够再吸进来。

52

某地有"弯腰的土地公"，土地公的塑像离座弯腰好像是迎接客人。据说本来是一尊坐像，有一天，他生前的老朋友来庙前参拜，他马上改变了姿势。坐姿的塑像能够自动起立弯腰，足以证明土地有灵，地方人士颇引以为傲。不过这里有一个问题：他为什么不再坐回去呢？答案当然是他不能动弹，那么，他现在既不能坐下，当初也必定不能弯腰起立。

为了证明什么，提出一套说辞，结果反而把他要建立的东西推翻了，现代人也常常这么干。

53

钱在"扑满"里喊叫："我是血，我是汗！"

钱在银行里只是一个一个号码，一笔一笔数字，实际上并不滞留，所以银行总是那么清静、干净。

54

上帝指着虹说："这是我给人类立的约。"

虹不仅在云里，也在泪里，冰里，镜子边沿。朝霞夕晖、红花紫菜都是虹的化身。

庄子说"道在尿屎"，有时，虹也在一号的细流声里。

55

天上一颗星，地上一个人。每人头上一颗星，如果没有专属的星照耀他，这人就活得缺乏光采，没有意义。

地上的人越来越多，人数超过星数，于是发生争夺。争名夺利争权夺势都是为了争一颗星。星虽然有明亮的眼睛，却是哑巴，它从来不说："你们不要争，由我来选，我选中了谁就是谁。"它等着接受争夺的结果。

为了息争，科学家发明了望远镜。人可以用望远镜发现更多的星，增加了星的数目。一人一颗分不完，一人两颗也还有剩余。总该天下太平了吧，可是又不然，站在望远镜后面的人认为他用望远镜找到的那些星都该为他所有，为了占有那些星，就得永远占有一架望远镜。于是人们展开了望远镜争夺战。星仍然默然无语，听天由命，谁赢了算是谁的。

四海不安都要怪那些星星。如果它们会说，肯说，它们大声宣告："我要×××，你们不要争，争也没有用!"岂不消弭了乱源？天上的星那么多，倘若一齐呐喊，恐怕比响雷还要吓人吧。

56

人和人的关系好比玩跷跷板，平衡只是一刹那，而且目的不是追求平衡。玩跷跷板的麻烦是因为有个对手，可是没有对手又玩不成。

57

有些事，只因是外人做的，就不对。例如，你不可以去吻陌生人的孩子。孩子是要自己抱、自己吻、自己打骂的。

58

刚刚生下一个蛋来的母鸡会大声叫嚷，那种充满了喜悦和自信的呐喊，在禽类中和兽类中都无可比拟。人类要表示那样的情感必须借重乐器或武器。倘若在养鸡场里有几百只母鸡同时兴奋地昭告天下它们又生蛋了，那一片喧哗必定值得一听。

但是生蛋实在不必这样惊扰方圆，甚至应该保持隐秘。乌龟就把下一代的种子悄悄埋在沙里。喊出来固然满足固然痛快，却也引起主人吃炒蛋的动机。也可能使邻人发生一些复杂的感想。什么样的邻居才是好邻居？好邻居的定义是：听见隔壁的母鸡报喜而不嫉妒的人。

可怜的母鸡，她不大清楚鸡蛋和鸭蛋的区别，以致，你若把鸭蛋放在她的窝里，她就替你孵出丑小鸭来，在孵育过程中，母鸡另有一番执著和昏沉，她做了母亲另有一番无畏和无私。当她在阳光底下、青草地上、绿水塘边，眼睁睁看见小鸭下水游水掉头而去时，她怎么承受得住？上帝慈悲，没有给母鸡安装大脑，母鸡不曾失眠，也不致神经错乱。

母鸡，你何不在生蛋的时候保持缄默呢？你那震惊四邻的能力，使主人坐不安席的能力，似乎可以换一个用途。当你发现鸡窝里放着一堆鸭蛋的时候，你再满院子游行，高呼抗议的口号，你罢工等待主人去把鸭蛋拿走换上鸡蛋。怎么样？

59

只要功夫深，铁杵磨成针。

要一根用铁杵磨成的针干什么？我想不出来。

60

最好别在寒来暑往的地区树立铜像。

铜像积了雪，挂了冰，在凛冽刺骨的风里，模样可怜。

61

好人都要知道保护自己，别像居里夫人，发现了镭，却中了镭毒。

62

部队开进一个村子，村里没有人，也没有狗，使人有一步踏入异域之感。人，逃难去了，难道家家带着自己的狗？有个二等兵从一家住宅门外经过，听见屋子里有许多狗一齐狂吠，他好奇心重，不甚聪明，独自走过去察看。原来全村的狗都关在这座房子里，房门反锁，但并未认真锁好，他伸手一拉，锁掉在地上。

他为什么要这么做呢，他不该做的，他推开了门，一群狗像决堤的水把他冲倒，这群狗关在里头挨饿，饿成一群狼。于是……

唉，抗战八年，死了三千万人，有重如泰山，有轻于鸿毛，牺牲得最没有价值的人，要数这位二等兵了。

为什么要把全村的狗关在一间屋子里呢？世上有些谜，我们永不会知道谜底。

63

以冰为砖也可以砌墙，只要那地方的气温永远是零摄氏度。

64

早晨打开报纸，读到有人情味的新闻，就兴冲冲地进城；进城以后，遇到的都是没有人情味的事。

65

海潮虽然努力，不能登上山岸。

66

蜘蛛趁着夜静，拦路结网，我早晨出门几乎一头撞上。蓝天也在昨夜降下来，挂在院子里，接受蜘蛛的织绣，蜘蛛的手艺做完之后，水蒸气来挂上许多叫做露珠的碎钻。不久，旭辉射过来，满网星星点点的虹彩，天把它当做一个神迹留下，安详地回到原位去了。

我是俗人，必须出门办些俗事，就寻到挂网的长线，轻轻地把它摘下来，我还不太俗，不致用扫帚把它捣烂。不过结果是一样，在这推土机破坏了无数自然景观的年代，我犯了同样的罪行。

当我自以为发现了一种美的时候，我忘了蛛网的用途，后来我想到这是蜘蛛残害弱小的工具。想到了又怎样，如果把所有的蛛网都拆了，又教蜘蛛怎么活？你能喂养所有的蜘蛛吗，不能。你能训练蜘蛛用另外一种技能谋生吗，不能，那么，你还是做你的俗人，赶紧办你的俗事去吧。

67

这一家人，大房的性情柔弱，生下来的子女都刚强，子女有余可以补父母的不足，也算公平。

二房性如烈火，子女却像走起路来听不见声音的小猫，唉，这一带方圆谁见了他们的爸爸不退让三分，现在，他们可以消消爸爸的火气了吧。

仔细看，事实又不是如此，性情刚强的子女，并不能替父母讨回多少公道，反倒常常侮慢长辈；那随风倒的子女成年以后还处处依附父母，藤萝一样站不起来，更使他们的父母焦躁。

如果新苗都在树顶上生长，有一天树可以直上九霄，无奈每一棵树都从地面重新出发。

68

听到女孩结婚的消息，男孩知道他不再年轻。

男孩夜半常在哭泣中醒来，他还没老。

到哭不出来的那一天，青春是真正逝去了。

69

女孩子说：那人名声不好，我不嫁给他。

媒人说：其实那人正正当当，你听到的都是谣言。

女孩的父亲说：好人可能有恶名，但一被恶名污染，很难不变成坏人。《红楼梦》里的晴雯是这些人的发言人，晴雯说："与其担了个虚名，不如……"所以，择人一定要计较毁誉。

70

愚公发愤移山，儿子媳妇反对，家中发生激烈的争吵，他的好朋友智叟赶来调解。智叟劝愚公："何必移山呢，你嫌这地方不方便，何不搬家？"

愚公说，搬家要另外找地皮盖房子，他没有这笔钱，再说，现在的房子是父祖传下来的，住在里头比较有意义。智叟看了看地理形势，心生一计，就对愚公说："你的房子开门见山，出入不便，房子后面倒是平地，你把前门堵死开一个后门吧，那就既不必移山也不必搬家了。"

愚公说："咳，我一生行径正大光明，从来不走后门，现在年纪这么大了，你教我临老变节？"

智叟连忙说不敢。

不过智叟到底是智叟，他的名字是有来历的。他忽然一拍大腿：

"有了！你在门前挂一面镜子，出门的时候不要看山，一心一意看那面镜子，镜里照见了房子后面的景象，那时，你看到的不再是碰鼻子的石头树根，而是纵横的阡陌，潺潺的溪流，明亮的大道。你看好不好？"

"很好，好极了！"愚公说。"如此，我可以安享余年矣！"

71

天晓得就是无人晓得。

其实人人晓得，装做不晓得。既然不晓得，就可以袖起手来不负任何责任而又显得很公正。

明明晓得他不公正，偏要承认他是最公正的人，这就是识时务。

72

秀才不出门，能知天下事。

电视：能知天下坏事。

电话：能知天下无聊事。

73

偶然看到这么一件作品：

一块长立方体的青铜，表面光滑如冰，棱线垂直如尺，压力沉重，是一块实心的铜。它的左上角露出自由女神的头颅和辐射冕，当然还有高举的右臂和紧握着火炬的手，右下角是自由女神歪斜的底座，看来女神是被强大的拉力曳进铜块之中，以对角线的位置囚禁起来了，她显然不甘心，在等待救援。

我在这件作品前面沉吟良久。谁能救她？她本来为那些失去自由的人所企盼所仰望，现在反而成了过河的菩萨。这是要对自由主义的信仰嘲弄一番吗？怎样救她呢，她本身也是一块铜，她的全身和身上的镣铐铸在一起了，谁敢把铜墙铁壁还原成液体？那不是连女神都尸骨无存了吗！艺术家都是崇高自由的吧，亲手把自由女神送进绝境，是什么样的心情呢。

不，也许并不是那样悲观，自由女神虽然倾斜，并没有倒在地上，她的右臂也没有垂下来，火炬依然熊熊明亮，永不熄灭。自由女神虽然陷入牢笼，但是那座监狱却给自由火炬提供了一个更坚固的高台。

艺术家的心思是很难猜度的。

74

"年轻"是水做的，想想看多少泪、多少汗坠地无声、入土无痕。

如果把照片排列起来，由少年到老年，看你一分一分改变，看时间一笔一画将你修改，尽管你现在很满意，如果少年时就作了这样的预告，你会接受吗？

75

父亲对儿子说："你是我骨中的骨，血中的血，形外的形，魄外的魄，源中的源，梦中的梦。"

儿子说："我就是我。"

76

能征服，谓之坚强。

能顺应，也是坚强。

77

护士身上有药味，水手身上有咸味，消防队员身上有烟味，厨子身上有作料味，常常。

善良的人、邪恶的人各有不同的气味，所以你要有好的鼻子。

78

一职员向老板要求加薪，老板对他说：

我怎么可以给你加薪呢？你想想看，一年只有三百六十五天，每天只有二十四小时。你每天工作八小时，占全年时间的三分之一，也就是说，你只工作一百一十二天。我们要从这一百一十二天里除掉五十二个星期天，只剩下六十天。一年有十二天放假，还有四十八天。你一年只工作四十八天，如果你还请了病假，请了事假，工作的时间就更少了，也许只有三十几天。你一年只有三十几天在工作，还想加薪水？

老板的算法有错误，我希望你能在十秒钟内发现他错在哪里。如果你有这个能力，将来就没有人能借所谓科学方法、科学态度愚弄你。

79

唐代的张公艺以"九世同堂"而不朽。九世同堂，老少九辈不分家。皇帝问他这样一个大家庭如何能够维持，他提出来的书面报告是忍忍忍忍忍，一共写了一百个忍字，再没有别的字。

在那个庞大的组织里，这一百个忍字是如何分配的呢，性格柔顺的人分到多少？性格刚烈的人分到多少？性格狡猾的人又分到多少？背景强硬的人分到多少？背景软弱的人又分到多少？很可惜，张公艺没说，皇帝也没问。

皇帝多半认为只要有人忍，就没有问题了。单是靠忍能维持久远吗？张公艺的大家庭组织维持到哪一年？如何解体的？谁能告诉我？

80

飞蝶翩跹，如浮于海。春似海，花似海，空气似海，可惜少个灵巧神秘的"桴"。

花开不是等人看，是等蝶来找。花种是荷兰来的，当地的蝴蝶怎会认识她，荷兰的蝴蝶怎能飞过重洋。

所以蝴蝶很犹豫，很徘徊。花很焦急。

这是春天，蝶和花的关连是命中注定的。于是蝶和花终于形成共识：只看花，不问种子。种子不是埋在土里烂了吗。

于是蝶和花在风里拥抱。

那叫做"春天"的光阴才放心走过。

81

尸体应该僵冷，如果保持温热，反而是害。

82

望见池中有月，向月亮吐痰的人，不可做朋友。

83

人无法丢掉自己，因此自暴自弃无济于事。

84

冻僵了的人性苏醒过来，有些步骤。

起初，他说：人可恨。

后来，他说：人可怜。

最后，他说：人可爱。

85

谁还记得这是哪里的风俗？若是家里添了孩子，在孩子出生的那一天，做父母的不可给乞丐任何东西，否则，产妇就会缺奶。

但是另有一个说法似乎相反。产妇满月以后，第一次出门，要抓一把粮食去撒在树林里喂野鸟，否则孩子长大了没人缘。

天下父母心，宁可信其有，他们两样都做。

有没有谁来个"修正"，把喂鸟的粮食拿来救济乞丐？如果有，那可了不得，那地方也许出了个革命家。

86

祢衡当众骂曹操是奸臣，曹操问在场的宾客群僚："我是忠是奸？"众人异口同声："丞相是大大的忠良。"曹操大笑，祢衡的鼓声为之失色。

"我是忠是奸?"曹操只敢问台上的僚属,不敢问台下的观众,算不得英雄。倘若祢衡不忙于表现自己,诉诸群众:"他是忠是奸?"曹操就笑不出来了。

不过,好演员能颠倒众生,如果演曹操演到"大奸似忠",观众也会说他是"忠良,大大的忠良",到那时候祢衡只好进疯人院,或者丢掉鼓棒倒地便拜:"丞相,我服了你啦!我服了你啦!"

87

在旷野里有人声喊着说:由他们残忍去!要残忍,才会有进步。

我悚然警醒,枕畔尚有余音缭绕:所以要有人提倡温柔,鼓吹爱,来稀释残忍,淡化残忍。……

我又睡着了,那人还在演讲,地点是公墓。他说:……所以要把进步的成果分一部分给那些在进步中受害的人。否则世界就会很恐怖……很恐怖……

88

恩怨恩怨,重点在怨。就像褒贬。

恩必生怨。所以不但"受"要慎重,"施"也要慎重,——更要慎重。

君乘车,我戴笠,他日相逢下车揖。他一揖而已,你也许得叩头。君担簦，我跨马，他日相逢为君下。他虽然下了马和你一般高，你可再也不能拍他的肩膀了。

善行若预期回报，须费一番心计方法，这已是权术而不是道德了。

89

有一个间谍组织，成员都是盲人，他们的名册用点字写成，他们走在街上以杖击地传送密码。

没有人防范一个全盲的人，人们对他失去敏感。第一线的斗士没有谁拿盲人做假想敌，因为盲人不在第一线，也不在第二线，甚至也不在第三线。可是……

终有一天，情报战史上会出现这样的案例：他们全盲……

90

铁轨自西向东铺过去，挂在东方的天上。火车就冒着汗、喘着气，沿着这道摇摇晃晃地往上爬。

太阳突然从地平线后面跳出来，以拒人千里的手势朝着火车一推，逼得火车尖叫一声停住。火车不甘心，像斗牛场里的牛，用前蹄扒地，歪歪头，瞄准那团红。

火车长嚎，没命地冲上去。太阳不理他，只顾升起来，倒也低下头看了一眼，看火车、云、有摩天大厦的都市一齐抢他空出来的座位。

91

有时候，蝴蝶像落叶；有时候，落叶像蝴蝶。

有生命和没有生命到底有什么区别呢？

秋天的蝴蝶像落叶，春天的落叶像蝴蝶。生命到底有它的特征。

92

那里有一棵树，一棵树站在那里，实在好看。

树为什么好看？树有一种努力向上生长的样子。

人也好看，只要人努力上进，尤其是一个男人，男人的美，就在他不停地奋斗。

93

"燕子，燕子，你有什么遗憾？"

"唉！我这一辈子没见过梅花。凡是我到过的地方，梅花都不开。"

"这是因为凡是梅花开放的地方你都不去。你怕冷，而梅花要在寒冷的天气里才有。"

94

有一个扒手一辈子没有失风，他的徒弟一出手就给人家逮着了。

师父问徒弟作案的经过。徒弟说："我在饭馆里吃饭，邻座也有一个人吃饭，他口袋里有一叠钞票，我轻而易举弄到手。那个人吃完了饭，没有钱付账，就跟饭店的老板交涉，逼着他叫伙计把住前门、后门。"

老扒手说："你不用再说下去了，如果是我，我会给那人的口袋里留一点儿钱，让他有钱付账，有钱坐车回家。我从来不把人家的口袋扒光，所以我一辈子没出过事。"

95

一个作家娶了一个不识字的太太，每天教太太认字。他写"桌子"，把这两个字贴在桌子上。他写"电灯"，把这两个字贴在电灯上。太太每天看见桌子、电灯，温习这些字。不久，他家所有的东西都贴上了名条。

有一天，他教太太认识"爱"，这个字没处贴，就抱住太太亲嘴。两个人亲热了一阵子，太太总算把这个字记住了。她说："认识了这么多字，数这个字最麻烦。"

96

女儿到了"寂寞的十七岁"，自作主张买了一条牛仔裤。星期天上午，大门外有男孩子吹口哨。母亲越想越不放心，就让女儿转学，进了一家管理严格的教会学校。

毕业的那一天，女儿决定去做修女，母亲阻挡不住，哭得像个泪人儿。丈夫安慰她："你不是希望女儿学好吗？修女是世界上顶好的人。"

母亲说："我是希望她学好，但是我不希望她好到那种程度啊。"

97

有人养了一只鸟，那是他最心爱的东西，每天侍候它、欣赏它，连做梦也梦见它。

可是，有一天，鸟不见了，他忘记把笼子的门关好，鸟飞走了。他实在心痛，很想把那只鸟再找回来，看见鸟就注意观察，听见鸟叫就把耳朵转过去，可是那些鸟都不是他的鸟。

有时候，他看见成群的鸟，他希望那只鸟就在里面，其实，就是在里面，他也认不出来。

不知道到底哪只鸟是他的鸟？他只有爱所有的鸟。从此，他变成了一个爱鸟者，一个保护野鸟的人。

98

浪子说:"我不喜欢祖母,喜欢祖母绿。"

祖母绿是一种宝石。

荡妇说:"我不需要爱情,我需要爱情石。"

爱情石是钻石的别名。

英雄说:"我不喜欢人,我喜欢女人,美丽的女人。"

女人比男人少一根骨头,有人说她少一根肋骨,有人说她少一块头骨。也许两方面说得都对,她少两块骨头,不是一块。

女人的可爱,就在她的骨头比较少。恋爱择偶,实际上是数她的骨头。数遍全身,查证明白,才肯和她结婚。

99

日暖风轻,孩子们出来放风筝。

风筝飞上天,人人仰面看。风筝落地,没有人注意。

只有一种人,不看天上的风筝,他低着头去检查、修理、调整地上的风筝。那就是孩子的哥哥、姐姐、父亲、母亲。

据说,老鼠吃了盐,会变成燕子;而燕子吃了盐,会变成蝙蝠。人类鼓励老鼠吃盐,让它们脱胎换骨;禁止燕子吃盐,防止它们由美变丑。

旅行杂志的记者来到湖边，访问一个正在钓鱼的老人：
"你到过哪些地方？"

"我到过很多地方。"

"你最喜欢哪个地方？"

"我不喜欢任何地方。"

"那么，你最恨的是什么地方？"

"我也不恨任何地方。"

"你没有感情吗？"

"正因为感情太复杂，所以爱恨两难。"

哀莫大于心死。

我心未死，只是已碎。

哀莫大于心碎。

我心未碎，只是已被污染。

哀莫大于心灵被污染，因为被污染了的心永远不死。

少小离家老大不回，听见乡音倍觉亲切。于是几个同乡
定下约会：每月一次聚在一起，大家都说家乡话，你说给我

灵
感

听，我说给你听。

一连十年，这个节目没有间断。后来，有一个人在聚会中保持沉默，始终没有开口。大家问他为什么情绪这样低落，热心鼓励他说话。他在大家督促之下忽然挺胸扬眉。他说：

"我现在不说家乡话了，不说中国话了，我现在学英语，英语比家乡话好听，也比家乡话实用，我现在说一段英语会话给你们听听。"

不等大家的反应，他吐出从玛尔蔻良那里学来的法宝。起初声音很低，后来激昂慷慨，手舞足蹈，简直像是用英语对这些人演说。他口若悬河，抑扬顿挫都控制得宜，即使是外行也听得出他下过苦功。五分钟后他停下来，问大家："我说得怎么样？"同乡个个面色沉重，全场鸦雀无声。

这是他们最后一次聚会，从此以后，这个别致的节目无疾而终。

103

我认识一位小姐，说话的声音粗嘎难听。后来，她结了婚，生了孩子，当她对孩子说话的时候，声音忽然非常甜美。

丈夫带她看电影，她抱着孩子，坐在电影院里，一直低着头看怀里的孩子，根本没有看银幕。

像广播电台一样，她现在有两个频道，一个频道对我们，一个频道对孩子，两个频道的声音不同。

104

有一本书的名字叫《响在心中的水声》。

也有一本书的名字叫《响在水中的心声》。

站在水边听水声潺潺，水声淙淙，水声滔滔，把水声放在心里，把心声放在水里。

我的心带着水声走，水，带着我的心声走。百年千年，心中的水声消灭了，水中的心声依然在。

站在水边仔细地听吧。听，离人的悲泣；听，英雄的喧哗。

105

你读过神话故事吗？妖魔鬼怪最难斗，一刀砍下去，砍掉它的脑袋，它会再长出两个来，把两个砍掉，它又长出四个来。

妖魔鬼怪往往如此，要是好人，他的脑袋只能挨一刀，一刀砍掉了，就再没有第二颗了。

106

急急忙忙买了票，电影已经开演了，由带位子的小姐领导入场。

满眼漆黑，幸亏她用手电筒在地上铺下一个小小的光圈。那是一种特制的手电筒，光圈小，光度弱，但是刚够你用的，够你看清脚前的路，够你找到属于你的座位号码而不至于惊扰别人。

人追求的就是这么一点儿光，有这么一点光就可以活下去。——用这点儿光照自己，只照自己。如果满场乱射，就会引起众怒。

107

卖油郎每天经过"花魁大酒家"的门口，望得见里面迷人的灯光，听得见里面醉人的音乐。有时候运气特别好，恰巧碰见名满天下颠倒众生的花魁姑娘陪着豪客走进或走出，心里羡慕万分，暗暗地想：我要是能跟花魁姑娘一夜风流，那才算不虚此生。

花魁姑娘的身价，一夜是一百两银子。卖油郎一番盘算，算出自己省吃俭用，二十年之后积存这个数目，并不困难。从此他做生意特别勤快，特别热心，他赚的钱愈多，花钱愈少，所有的钱都存起来，准备有一天用在花魁身上。他暂时不想花魁，当然，他天天还是要从花魁大酒家门口经过，对她暗暗地祝福。

几年以后，银子存了不少，但是距离花魁姑娘的身价还相差很远。有人劝他到外面去创业，那样虽然离开花魁姑娘很远，但是赚钱也比较快，可以提前实现他的心愿。他就望着花魁大酒家喃喃地祝告了一番，远走他乡，一去二十年。

二十年后，卖油郎成了食油工业的重要人物。回想起来，这二十年的日子总算没有白过，唯一的遗憾是，花魁姑娘仍然只是他想象中的情人。现在他有钱了，他跟当年带着花魁姑娘走进走出的那些豪客是一样的人物了，他决定回来弥补生命中的缺憾。于是整顿行装，不远千里，来到花魁大酒家的门口。

花魁大酒家的灯光依然迷人，音乐依然醉人，但是，服务人员告诉他，花魁姑娘已经退休，现在是这家的老板娘。她仍然接待从前的朋友，但是只限一杯清茶，代价却比当年增加一倍。现在的卖油郎绝不在乎二百两银子，他指定要跟花魁姑娘见面。

花魁姑娘老了，她的穿着很朴素，她并不使用化妆品去掩饰头上的白发和额上的皱纹。她对客人行了礼，奉过茶，举止大方，态度端庄。然后她坐下，很有礼貌地问："我们以前见过吗？我怎么不记得？"

卖油郎说："见过，我们见过很多次，每次都是我看见你，你并没看见我。"他说出当年在这一带卖油，他说出平生对花魁姑娘是如何仰慕、如何倾心，他也说出二十年来在外面奋斗的经过和已有的成就。他拿出一盒首饰来，恭恭敬敬放在花魁姑娘的手边，他说他来倾吐二十年藏在心里的话，同时也专诚来送这一件礼物。

花魁姑娘打开首饰盒看了一眼，随手盖上，她说："这盒东西至少值一千两银子，我不能收，我已经老了，退休了，我可以把我们现在最红最漂亮的姑娘留给你。"

卖油郎说："世界上哪里还有比花魁姑娘更漂亮的女子？再说，我也老了，没有心情再偎红依翠，我到这里来，是要当面把二十年前就该属于你的东西送来。我的目的只是希望你收下，你肯收下我就快乐。"

花魁姑娘非常感动，她缓缓起身向客人行礼，她说她实在没有想到二十年来给一个正直善良的人这么大的折磨。很抱歉她的过错已经没有办法弥补，现在既然收下礼物才能减轻她的罪过，她就没有理由再推辞。不过她说她也要送一件贵重的东西作为回报。她款款地行礼，退出客厅，过了一会儿，拿着一个精巧的盒子回来，又款款地行礼，双手奉上。她说再见了。她相信人跟人的离合聚散都有定数。他们之间的缘分到此已尽。

卖油郎离开酒家，手里紧紧地捏着那个盒子。坐进马车，车夫扬鞭起步，他忍不住要打开盒子，看看里面是什么东西。完全出乎他的意料，里面是一张照片，花魁姑娘二十岁时候的照片，全身赤裸，一丝不挂。

108

有人相信中医，他在一次车祸中撞断了手臂，被人家送到医院，医院进行急救，替他敷上石膏。

他觉得西医不可靠，一再要贴膏药，家人偷偷地把膏药送给他，他偷偷地把膏药贴在石膏外面。他希望药力能够穿透石膏，到达患部，使他早日复原。他出院了，手臂运动如常，他始终相信这是膏药的效力。

109

瞎子说："我能够看见命运。"很多人相信他的话，请他算命。后来，他碰见一位好医生，替他免费开刀。他恢复视觉，重见光明，因此，再也没有人请他算命了。

乩童，都是不识字的孩子，他们在扶乩的时候代表神鬼写字。等他从国民小学毕业出来，他会写字了，反而丧失了乩童的资格。

知，无知。无不知，不知。

110

有人养鸡是为了生蛋；有人是为听鸡的啼声，此人不养母鸡，只养公鸡。

梦中被鸡声叫醒，心甘情愿，绝不像闹钟那样让你冒火。现代人样样能干，有人发明了一种闹钟，声音跟鸡叫完全一样。

很可惜，雄鸡牌闹钟的销路不好，在各钟噪音的袭击下沉沉入睡的人，听了鸡啼只有睡得更熟。

111

画家参观孤儿院，动了幼幼之心，大家决定开一次画展，帮助孤儿院筹款。画展的主题是"慈母"，每位画家都画了一位慈祥和蔼的母亲参加展览，展出的地点就在孤儿院里面。看画的人同时参观了孤儿院，买画的人同时捐钱给孤儿院。

那些孤儿也来看画。

十天以后，展览期满，所有的画都卖出去了，结果圆满了，人人高兴。可是，那些孤儿非常难过，他们舍不得离开这些画，舍不得离开想象中的慈母。十天以来，他们跟这些画，跟他们心目中的慈母已经发生了难分难解的感情。

看见那些画要被取走，他们嚎啕痛哭。

"别哭，别哭，卖掉这些画，给你们盖新的教室。"

他们宁可不要教室，还是哭。

"别哭，别哭，卖掉这些画，给你们买一架新钢琴。"

他们宁可不要新钢琴，还是哭。

当然，画还是给了买主，不久，新钢琴买回来了。又过了一些日子，新教室也盖好了。院长找了许多人来参观，把院童梳洗得干干净净，穿着得漂漂亮亮，叮嘱他们：对客人要露出笑脸来。

那天，场面很热闹，孩子们也很想笑，笑给来宾们看；但是，一想起钢琴、教室是怎么来的，就笑不出来。

112

小张追求他的一个女同事，请老李做观察员。

经过三个月的努力之后，他问老李："你看情况怎么样？"

老李说："到目前为止，你是她的备用轮胎。"

"何以见得？"

"中午下班以后，你们男同事女同事自由聊天，如果在座的男同事都是结过婚的，她对你的态度就很温柔，如果在座的男同事里有几个独身的，她就对你冷冷淡淡。"

小张叹了一口气。

113

有一位中学校长，到老还是独身，他整天在学校里忙忙碌碌，连一场电影也不看，所有的精神都放在办学上，他的娱乐，他的工作，他的理想，他的现实，就是办学。

校长室四面的墙壁上，密密麻麻贴满了学生的照片，每一年度，每一班级，功课和品行最好的学生，都有一张小照片贴在这里。照片不断增加，墙上已经没有空隙，看上去，好像是一种特殊设计的壁纸。

校长整天生活在千百个光头男孩的炯炯注视之下，他对这些照片好熟悉，能够一下子就说出任何一个的姓名。他也经常对着墙注视那些照片，尤其是那些已经褪色发黄的早期学生，他站在那里一看就是两个小时。

他常说：这些孩子我都喜欢，可是孩子大了，往往就变了，你想喜欢他也不可能了。

他喜欢对来访的客人谈他的学生，他抚摸着墙壁，告诉客人：这个学生出国留学了，这个学生在国内考上了研究所，这个学生现在是一个优秀的军官，这个学生结了婚，已经有两个孩子。还有这个孩子……

他轻轻地叹息：有些好孩子，不知怎么后来变坏了，你看，这个孩子目前正在管训，这个孩子去年自杀了，谁也不知道他为什么不爱惜自己的生命，我是多么爱惜他呀！

他就住在办公室的隔壁，生活非常简单，老来寂寞，夜里常常失眠。每逢睡不着觉的时候就起来，打开电灯，专拣那些成材的学生看，愈看愈高兴，然后，什么烦恼都没有了，倒在床上呼呼大睡。

该退休了，他和学校里的几个资深教师，同时办理退休，别人都在计算拿多少退休金，他却对着墙壁默默地计算他有多少学生；多少人成材，多少人不成材。

114

抗战时期，敌后有两支游击队的防地互相连接。甲队有一个队员跑到乙队的防区去强暴妇女，乙队也有一个队员混进甲队的防区抢劫，两个人都在作案时被捕。双方的领袖人物经过一番磋商，决定彼此交换罪犯，自行审判，并且口头约定从严处决。

甲队的司令官收到罪犯以后，立刻下令枪毙；可是乙队收到了犯罪的部下却马上释放了，不加任何处罚。甲队上下哗然，大家都说："我们的司令官怎么这样无情？"

这位铁面无私、执法践诺的游击队领袖召集全体队员训话，他问大家："我究竟有什么地方不对？"他又问大家："对方背信纵囚，你们为什么不责备他？"问得部下一个个哑口无言，可是大家心里仍然认为他们的上司做错了。

直到今天，我还常常听见那位司令官的声音："我究竟错在哪里？我究竟错在哪里？"余音绕梁，三十多年不绝。被问的人仍然不能答复他，同时，也不能原谅他。

115

吃奶的孩子应该浑浑噩噩，天真未鉴。

有时候小孩子也沉默不语，两眼出神，露出有思想的样子，那副神情，实在教人觉得可怕。

116

酒家设在二楼。楼梯一级一级地铺上去，尽头是一团天蓝色的灯光。那一级一级的楼梯，每一级上面都有一个图案：椭圆形的线条围绕着一团妖艳欲滴的"红"，好像透明的酒杯里面盛着葡萄酒，好像热情的红唇，也好像一颗打算奉献给你的血淋淋的心。这个动人的图案漆在楼梯的每一级上，人们踩着它上上下下，每走一步就踩死一个"温柔"。

这样的东西怎么可以放在脚底下？这是残忍训练，怪不得人的心肠愈来愈硬。

这些图案是酒女的心，她们向酒客献出心来，酒客却践踏它。这些也是酒客的心，献给酒女，正好做她们的垫脚石。

117

新郎和新娘在同一个机关服务，由同事而相恋，由恋爱而闪电结婚。亲友要求新郎报告经过，经过一番推托，新郎说："我们机关的左边是男职员宿舍，右边是女职员宿舍。夜里有一间办公室的灯没有关好，我们都看见了。我从男宿舍出发，她从女宿舍出发，都去关灯，我们同时进入那间办公室。灯关了，可是人没有马上出来……"

118

走进一栋大房子，房子那么大，人那么少，有一种悲哀的感觉。

房子愈大，人口愈少。也许是因为房子太大而显得人少，实际上人并不少。

大房子的光线总是很黯淡，更增加了悲哀的气氛。如果所有的房间都通明耀眼，又给人什么样的感受呢？空虚、凄凉，甚至有些恐怖，我尝过那滋味。偏偏有这么多的人希望自己的房子愈住愈大。

119

"忘忧草"，它忘掉的是什么样的忧虑呢？

"含笑花"，它嘲笑的是什么样的对象呢？

"合欢山"，跟谁合欢？

也许是人看见那么漂亮的草，忘记了自己的忧虑；人看到那样纯洁天真的花，不知不觉地露出自己的笑容。

情侣登山定情，合欢的也是人。

120

每天下午放学的时候，国民学校照例派几个身材高大、反应灵敏的学生，在校门外的十字路口指挥交通，让学童们安全通过。他们穿着童军制服，挥着旗子，举着棍子，吹着哨子，很像是那么一回事。庞大的机动车辆在小小的权力之前十分驯服，令你从内心有一缕淡淡的甜蜜。

这天，台风登陆，暴雨倾盆，校门外的马路变成一条临时的溪流。马路的一边，不知被什么机关挖了一条深沟，雨水填满沟内，又溢出沟外，在路面上潺潺奔流，一眼望去，分不清沟在哪里，路在哪里。涉水而过的汽车为了躲避行人，扑通一声倒插在沟里，只露出两个后轮。涉水而过的行人为了躲避汽车，扑通一声掉进沟里，在水面上张大了嘴，高举着雨伞。

那个小小的交通队，有一个队长。这位小小的队长看见水沟害人，立即自动扩大了警戒的范围。他们沿着那条潜伏在水下的深沟布置防线，警告所有的行人、车辆不要走近。汽车经过身旁，溅起水花，像海潮一样冲击他们，他们浑身都湿透了，可是他们仍然站在那里。

事后，这群英勇的孩子个个病倒在床上，有的患了感冒，小队长却害了肺炎。他们不但生病，也都挨了父母的骂；那些父母不但骂子女，还到学校里去骂校长。

校长到医院里去探病，他把手放在小队长的额上，说了一遍又一遍："孩子，你干得好，但是下不为例，以后千万不要再如此了。"

121

有人得了一种怪病，忽然发抖。兴奋的时候发抖，愤怒的时候发抖，忧愁的时候发抖，全神贯注的时候也会忽然发抖。无缘无故当着陌生人的面瑟瑟地抖，真是教人尴尬。

他到各大医院检查，医生都找不出病源来。医生对这个奇怪的病历很有兴趣，每年主动写信给他做追踪访问，要求他再到医院里来检查。年复一年，直到他头上有了不少的白发。

医生问他："还常常发抖吗？"他说："是的。"医生又问："那么，现在跟从前有没有什么不同？"他仔细想了一想，郑重地回答："从前我是为了大事发抖，现在我是为了小事发抖。"

122

蝌蚪是血变成的。

从前有一个人，受了重伤，死在水边。他的血液点点滴滴落入水中，变成蝌蚪。他死得好不甘心。

蝌蚪怎么会是黑的呢？因为年代久远。放置太久的东西总会变色。

有一天，蝌蚪会再变红，那是当它的仇敌的后代来到湖边的时候。

123

有一个人，他在使用瓦斯炉时烧伤了手。经过外科医生的紧急处理，伤口仍然很痛，痛得简直忍受不住。

夜间躺在床上，伤口疼痛，翻来覆去睡不着。他忽然想起一件重要的事情要立刻叮嘱太太，就把太太从睡梦中弄醒。太太惊慌地坐起来，以为出了什么乱子。

"我有要紧的话告诉你，你要好好记住。火烧的滋味儿实在难受，所以，我死了以后，千万不可以火葬。"

124

眼睛愈来愈近视了。医生说：你必须戴上眼镜。没奈何，只好听他的。

有了眼镜，一切都看清楚了。乐队演奏的时候，尽管音乐活泼热闹，乐手们的脸上却挂着愁容。女人用唇膏制造出来的红唇特别虚伪，唇膏的边缘跟皮肤的自然颜色怎么也连不起来。看花，看见花心有好几只虫子；看书，想不到书上有那么多错字。

唉！何必看得这么清楚？

125

我的朋友大半是作家，其中有一位文章写得特别好，可惜产量太少，一个月只能写出一篇文章。各报刊的编辑等他的稿子，等得心急难熬，就在一块儿商量使他多产的办法。这些著名的编辑说："文学是寂寞的产物，要他多写文章，先要让他寂寞。我们想一个办法把他送进监狱，那时，他除了写文章还能做什么呢？"

监狱里面的床是软的，他睡得很好；菜是香的，他吃得很饱；草坪很漂亮，他散步很舒服；管理员很和气，难友很有人情味儿，他交到很多新朋友；监狱里有体育场，唱片室，他的篮球投篮愈来愈准确，欣赏音乐的水准愈来愈高。

他的文章更少了，他根本不写文章，因为监狱里面的生活比外面更不寂寞。那是一座开放式的监狱。

126

每一个家族都有他生理上的特征。且说这一家，这家的男子脸上都有一道紫色的血管，平时看不出来，一旦路见不平，脸上就出现一条蠕动的蚯蚓，显得相貌凶恶，心怀叵测，引人疑忌。这道奇怪的血管代代相传，没有例外。人人不喜欢这副长相，因为人人喜欢和平柔顺。结果这个家族的男人在社会上到处受到排挤，卷入是非，简直不能立足。

一九四九年，这个家族陷在大陆，只有一个男孩逃出来。他知道脸上祖传的特征害了他，也会害他的子孙，就决心娶一个不能生育的女孩。他宁可到孤儿院里抱养一个孩子来传宗接代，使这条要命的血管从此失传。他到了四十岁，才找到一个合乎理想的女子跟他结婚。他把内心的秘密、为后世子孙打算的计划，告诉了太太。婚后不久，两个人到孤儿院里选孩子，选那天真善良的苹果脸。挑来挑去，选中了一个，高高兴兴带回家。

这个由孤儿院里抱来的孩子长大了，能够分辨是非善恶了，一旦看见强者欺侮弱者，坏人打击好人，私心侵害公益，脸上的那条血痕忽然露出来。做父亲的看见了，大吃一惊！惊讶得说不出话来。

做母亲的也看见了这条血管，心中充满了疑惑。既然他的家族只有他一个人出来，孤儿院里怎么会有一个孩子跟他具有同样的特征？难道是丈夫在结婚以前和什么女人生下私生子，秘密寄养在外边，现在又领回家中吗？她哭叫，她吵闹，她寻根究底，逼迫丈夫招供。

尽管家中鸡犬不宁，做丈夫的搂着孩子安静地坐在那里，好像没有看见也没有听见。他轻轻地抚着孩子的脸，心里想：不知道这是谁家的孩子，居然脸上也有这么一道伤痕。原来这不是我家独有的毛病，世界上还有第二家，推想起来也一定有第三家、第四家，也许有一千家一万家。看起来，我们并不孤独。既然这样，我为什么要处心积虑消灭自己的血统呢？我得好好抚养这个孩子，让这条痕，这根血管，这种天性，这腔热血，连绵不断地传下去，呼朋引类，同声相应。

孩子不用功，成绩单上出现大量赤字。父亲忧心如焚，再三苦口叮咛儿子要用功。唯恐儿子记不住，特别买狼毫、蘸浓墨、写拳头大的字，贴在儿子书桌的墙上。

吾儿，将相本无种，男儿当自强。

吾儿切记，少壮不努力，老大徒伤悲。

吾儿吾儿，三更灯火五更鸡，正是男儿立志时。

书桌两面靠墙，于是两壁琳琅，贴满了这些苦口婆心，孩子一抬头，就可以看到这些谆谆告诫。可是他不抬头，他坐在书桌前，每天低头看武侠小说。有人问他：“你看了那些格言不感动吗？”

他说：“那不是给我看的，那是他写给自己看的。”

有一个人每天喝酒，喝出毛病来，向医生求救。医生说：“你必须戒酒。”病人说：“我不能戒酒。你集邮吗？集邮的人想把邮票从信封上揭下来，得先用水把贴邮票的地方浸湿。有个人贴在我的心上，比邮票贴在信封上还牢。如果勉强揭掉，不是我的心受伤，就是把他撕碎。我不愿意伤害他，也不愿意伤害自己。我每天把我的心泡在酒里，就像一个搜集邮票的人一样。"医生心里想着排队候诊的许多病人，转过头来问护士："他在说些什么？"

129

古时候，人人赤脚走路，非常痛苦。有一个人打算织很多很多布铺在路上，但是最后，他剪下两块布来包住自己的脚，于是发明了鞋子。

古时候，有人想做一个很大很大的帐篷挡住天上的雨，好让大家在雨天外出的时候不会淋湿衣服。最后，这人用一块布罩住自己的头，于是发明了伞。

鞋子与伞流传到现在，别的却失传了。

130

浓妆的女孩子不能流泪，流了泪也不能擦，因为脸上有脂粉、蓝眼圈、假睫毛。

一切用得着的和用不着的东西都有人发明制造，为什么没有人发明女孩子专用的收泪器？如果有，新娘、演员、一切爱美的女孩儿，手提包里都会藏一个，流泪的时候拿出来使用，可以解除很多困扰。

幸亏没有，要是有了那玩意儿，人连流泪都要事先准备，还有什么意思？

131

富翁被强盗绑去，勒索一千万元。此人非常爱惜他的钱，坚决拒绝强盗所提的条件。

强盗们知道富翁有心脏病，就每餐强迫他喝一杯啤酒。酒精对心脏有害，富翁看见酒杯，神色大变，强盗一拥而上，捏着他的鼻子把酒灌下去。

第二天，酒精的成分升高，富翁被迫喝了一杯绍兴酒。强盗对他说，你不肯出钱，我们不打你也不骂你，每天请你喝酒。富翁咬紧牙关仍然不肯屈服。第三天，强盗拿出来的是高粱酒，老远就闻到一股强烈的酒气。富翁脸色苍白，四肢发抖，连连说："算了，放我回去，我给你一千零一万。"

132

儿子国文不及格，父亲给他钱，叫他到国文老师家里去补习。儿子把钱交给游泳教练，和他一块儿下水。

父亲知道孩子不肯用功，非常伤心，一整天吃不下饭去，说不出话来。他什么时候想起这件事，就觉得眼泪往肚子里面流。

后来，儿子参加运动会，夺得一面金牌，报纸把他的照片登出来，称赞他是一条出水的蛟龙。亲戚、朋友，连不认识的人都打电报到家里来，向他道贺。父亲高兴极了，打心底觉得甜蜜，什么时候想起这孩子当年是那么顽皮、那么不用功，拿了学费不去上课，什么时候就抿着嘴笑。

133

半夜，警察巡逻，经过一条黑巷子的巷口。他灵机一动，想到巷子里面看看。

就在他一转身的时候，巷子里面响起一片噼里啪啦的声音。他进了巷子，看见满地都是木棍。原来，有一个少年帮派正在这条巷子里集合，准备械斗。他们远远看见警察，就丢下手中的武器，仓皇逃避。

警员通过巷子，横七竖八的木棍在他的皮鞋下面互相撞击，发出清脆的声音，木棍有长有短，又结实、又光滑，他顺手拾起一根，带回警所。

木棍使他愉快了好几个月，那满地狼藉的木棍，等于是一群恶少向他敬礼。

134

黄昏出门散步，走到一个地方，只见一片瓦砾。

这地方，看起来很熟悉，我以前分明来过。这是什么地方？却怎么也想不起来。我以前来的时候，地上没有瓦砾。这地方不应该是一片瓦砾。

我走到这片瓦砾中间，动手挖掘，想看看地面是什么样子。地，可以帮助我回忆。

扒开瓦砾，下面竖上来一根水柱，是一股晶色的喷泉。泉水喷上去，再落下来，好像一棵折断的翠竹。

喷泉，是一个奇迹。还有第二个奇迹吗？我站在旁边等，等第二个奇迹出现，等泉水灌溉那些破碎，破碎变成鲜花。

135

异乡游子在田野间漫步，面对一条小路，路的一边是树林，一边是玉蜀黍田，路旁树下还有一个小小的土地庙。

这条路很像是他家乡的路，他家也有这么一条路，路旁也有树林、玉蜀黍，树底下也有土地庙。恍惚间，他觉得顺着这条路走下去，就可以回到自己的家乡。

路的那一端，树林后面是电影公司的摄影棚，一部新片正在开拍。异乡游子过了小桥，进了城门，经过茶馆，看见一栋四合房。他相信真的回到老家，他的故乡就是这样的地方，他就是在这栋四合房里出生的。他的父亲母亲，姐姐哥哥，应该还住在里面。三步两步跨进去，里头正在拍戏，他没有发觉这是演戏，他望见一个老太太坐在太师椅上，就冲过去，扑在她的膝盖上，哭起来。

剧本上没有这一场，所有的工作人员都呆了，只有那个老太太知道这是怎么一回事，就用手抚摩游子的头，轻轻地抚摩。她手掌很热，眼睛很湿，闪闪发光。

导演也随即恍然大悟。他先不下令驱逐这个闯进来的人，悄悄吩咐摄影师拍下老太太脸部的特写。

事后导演告诉别人："那几个特写镜头真动人！她从来没有表演得这样好。为了这几个镜头，我要改剧本加戏。这几个镜头一定能卖钱！"

136

儿子放学回家，必定经过一座大桥。妈妈在家做好了饭，还不见儿子的踪影，就出门到桥头去守望。

这座桥很宽、很长，中间隆起的部分也很高，各种车辆由桥上冲下来，真是一泻千里。

第一天，母亲站在人行道上，望着望着，只见一辆汽车飞驰而至，只听得咔嚓一声，车头撞在桥栏上，紧接着哗啦一响，挡风玻璃粉碎，车头灯立刻亮起来，一闪一闪地好像眨着眼睛，看起来像是有惊无险。但是，车轮不动了，后面的车辆猛按喇叭，它也没有反应。汽油从车子底下流出来，像一条爬虫往前爬。慢慢地看清楚了，那不是汽油，是血。

第二天晚上，母亲为孩子的安全提心吊胆，在家焦灼不安，不知不觉又来到昨天站过的地方。这天晚上，摩托车特别多，噪音废气使人耳聋眼花。桥头平安无事，她拉着儿子的手，并肩回家。却不料十字路口，一辆摩托车箭一样朝着一辆计程车直射，像训练有素的射手那样准确，命中目标。摩托车上的人飞到空中好高好高，他在空中的姿势好像很轻妙，落下来摔在斑马线上比铅块还重。儿子很想看个仔细，妈妈转过脸，连连地说："不要看，不要看，赶快回家。"硬拖着儿子走开。

第三天，这位妈妈再也不到桥头上去等人了，她过桥到对面去找房子。她找到了房子就要搬家，让儿子放学以后不必过桥。

137

肥皂泡像少年的梦一样迷人，也像少年的梦一样无法抓在手里。

有人发明了一种胶水来代替肥皂，用这种胶水吹泡，你可以轻轻捕捉它而不至于破碎。可是，它一旦落在你的手里，就旧了、皱了、缩了。除了弄脏你手之外，你别无所获。

适合飘在空中看的东西，就该让它飘在空中。握牢了，反而没有益处。

138

由净界到天堂，中间隔着一层火。

那些灵魂，因为生前在善恶之间徘徊观望，迟疑不决，死后才到净境来受苦。现在他们只要鼓起勇气，冲过火墙，就可以到达极乐的天国。

无奈他们还是没有这么大的勇气和决心，只有在净界蹉跎光阴，让火烤红了他们的眼睛，侧耳听天堂传来的音乐。

139

当年临沂街是一个僻静的街道。有一个临沂人来到台北，看中了这条街的街名，就搭了几间木板屋住在里面。

违章建筑一直是都市计划专家的眼中钉，也是地主的心腹之患。有人劝他搬家，有人强迫他搬家，有人拿出钱来引诱他搬家，一概置之不理，因为他是临沂人，他想住在临沂街。他最大的愿望就是在临沂街买一栋房子。

可是临沂街的房子他买不起。问题就这样拖延下来。有一天他的违章建筑的房子起火，火势很大，别人都说算了，这火没有救了。他奋不顾身，烧得满身是伤，扑灭火灾，保存了房子的一半。

他躺在医院里，来探望他的亲戚朋友都说他傻。他闭上眼睛不加分辩。他想：你们哪里知道我的心意？依照政府的规定，违章建筑如果被火烧光，不能在原地重建，所以我拼上性命也要救火，我要住在这条街上，我不能放弃这块地方。

临沂街愈来愈繁荣，盖满了高楼大厦。经过长期的观察、反省，这个临沂人也明白死占着别人的地方不是办法，就同意接受补偿，拆屋迁居。他到了东部，找到一座正在开发的小城，买了一块地，跟建筑商合建了几栋房子。房子盖在一条刚刚开辟的大路旁边，这条路还没有正式的名字。

经过一番奔走活动，地方政府接受了他的建议，给这条新路定下名称，叫做"临沂街"。

工人来钉路牌，他站在旁边看，热泪滔滔，膝盖发软。

他一直想下跪。

140

一位朋友跟我谈起他家的狗。

通常洋狗总比土狗高贵大方，也聪明伶俐，可是洋狗容易走失，失去一头洋狗，比失去一头土狗损失更大。所以他在洋狗失踪之后改养土狗。

土狗比较脏，有些动作也很下贱。例如洋狗会衔着拖鞋放在他的脚前，土狗只会把拖鞋咬坏。他天天看着眼前的狗，心里想着从前的狗，愈来愈觉得不能忍耐，就把狗卖给香肉店，自己落个清静。

有一天，他家里太清静了，小偷撬开锁，升堂入室，翻箱倒柜，把值钱的东西拿走。客厅的电视机上摆着两只瓷狗，和颜悦色地望着小偷进来，望着小偷出去，哼也没有哼一声。

他又怀念那只土狗了，尽管它的长相不好看，坏习惯也很多，但是，看家守门倒是十分尽心。

141

有一条河，名叫"忘川"，人喝了河里的水，会把什么事情都忘掉。

有一个湖叫"忆湖"，人若喝了湖里的水，会把一切事情都想起来。

我带着两瓶水走路，走遍世界。然后我喝那瓶忆湖里的水，把所有的经历温习一遍，再喝忘川里的水，把一切忘得干干净净。

142

某某小学有一位级任导师，教学认真，态度严厉，哪个孩子的功课赶不上水准，他就用藤鞭打孩子的屁股。有时候他班上的五十个学生全体站着上课，因为屁股上不是新创就是旧伤，疼痛难忍，不能落座。

做母亲的看见儿子的皮肉又青又紫，内心十分疼痛，终有一天她们觉得忍无可忍，终有一天她们忍无可忍的情绪互相交流，终有一天这五十个妈妈集合在一起，浩浩荡荡来到火车站，等她们孩子的导师下班回家。那位严厉的教员刚刚走出车站，这些妈妈一拥齐上，文弱的指着他骂，壮健的抓住他的衣服就打。别人不知道发生了什么事，车站上秩序大乱。

老师躺在医院里不能上课，他的学生排着队伍来看老师，环绕病床前面痛哭失声，惊动了各病房的护士，一齐给他们擦眼泪。

做妈妈的听说孩子这样爱他们的老师，才知道自己打错了人，就带着鲜花水果纷纷到医院来道歉。

警察听说在车站这样重要的地方有人聚众滋事，十分注意。着手调查真相，准备追究责任。

教育厅听说今天还有教员以体罚作教学的手段，认为此风不可长，研究怎样处罚这样的教员。

这件事情太热闹了，使县太爷有些不耐烦。他说，这件事如果你追究，可以弄得很复杂很严重，根本没有办法作妥善的处理；你如果大而化之，等闲视之，则天下无事，一切都是庸人自扰。古人说不痴不聋不能当家，就是这个道理。"现在事情既然闹开了，我只好插手管一管。这样吧，让那个教员辞职，一个月以后让他来见我，我把他介绍到本县最大的企业里面去服务，薪水比当教员高一倍。"

143

博物馆里陈列着一件雕塑，作品的题材是两个十岁左右的男孩，看样子他们经过长途跋涉，疲劳不堪，一个脱掉鞋子坐在地上，揉搓他的痛脚；另一个站着，断了背带的水壶拖在地上，里面显然已经没有一滴水。两个孩子的表情又累、又饥、又渴。站着的一个上身前倾，伸出右手指着前方，显然是看见了希望，那坐在地上的也抬头仰脸，从痛苦之中露出喜悦。

我站在这件作品面前，对这两个孩子（其实也就是普天下的孩子）又爱又怜。我站的位置恰好是他们手指的目标，他们指着我、望着我，对我充满了期望、祈求。我怦然心动，思量自己能够为他们做什么。他们在那儿指着每一人，每一个成人，每一个来参观的人。

144

牛奶广告推出一个胖嘟嘟的小孩子，广告词说："你们快来买BB牌的奶粉啊！孩子吃了BB牌，又健壮，又活泼可爱。"

其实，在广告里面亮相的那个婴儿，从来没有吃过BB牌奶粉。

化妆品广告推出一个千娇百媚的美人儿，广告词说："别忘了用AA牌面霜！长期使用AA牌面霜，人人都会像她一样漂亮！"

其实，她是在拍广告镜头之前半小时，才生平第一次使用AA牌化妆品。

真正吃BB牌奶粉的孩子，用AA牌面霜的女人，反而没有机会被人家举出来当作模范榜样。

145

瀑布从山上流下来，奔腾跳跃，像是一个性情刚烈的大姑娘，甩着她的长辫子。

有一天在粗壮的臂弯里，长辫子会安静下来，只要那手臂够长、够壮，能够抱得住她。

山来抱她。山以为自己够伟大了，可是瀑布似乎没有把他放在眼里，她的每一分都是活力，每一寸都是个性，她跳着、叫着、嚷着，要把胳臂推开，从臂弯里跳出去。

在山的后面，天也来拥抱她。天为了她不断地下雨，把爱心藏在每一颗雨点里，降在她身上，可是她仍然不肯有片刻的安静，她的回报只是反抗、反抗、反抗。

明月在空中冷冷地探望她，看了一天又一天，一年又一年，看她总是长不大、不懂事。月亮更冷了。他冷冷地想，天来抱你，你都要推开，你到底想要怎样呢？你能骄傲到几时呢？

146

蚕到了该吐丝结茧的时候了。养蚕的主妇细心观察每一个宝宝，如果哪一只蚕的肚子已经变色透明，就挑出来送上蚕山。那发育不全的小蚕、无精打采的病蚕，不会结出好丝来，趁早随手挑起，拿去喂鸡。

一只又瘦又小的蚕，躺在那儿。它躺在那儿已经很久了，天天等待接受凶险的命运，可是，不知怎么，挑蚕的手忙中有错，也把它送上了蚕山。在山上，别的蚕都兴致勃勃地东奔西走，挺着它们发亮的肚子，寻找自己认为最适合安身立命的地方。独有那只小蚕蜷伏不动，它能够来到这儿已经心满意足了，它觉得现在停留的地方非常美好，就全心全意准备结茧。

养蚕的主妇观察蚕山，发现了这个漏网的小东西。咦，它怎么会在这里？本想把它挑出来，可是伸出去的手突然软了。这只蚕虽然比较小，但是现在却通体透明。若是单看那透明的部分，那最肥最大的蚕也比它略逊一筹。

后来收茧的时候，蚕山上有一个最大最漂亮的茧，是这个小东西结出来的。养蚕的人把这个特出的茧挑出来，单独处理。他们小心翼翼地照顾它，照顾里面的蛹，照顾蛹将来化成的蛾，照顾蛾产的卵。明年养蚕的季节，把每一颗卵孵化成一条蚕，再小心翼翼地照顾下去。

可是他们很失望，这个茧虽然非常漂亮，里面却是空的，根本没有蛹，当然将来也不会有蛾。

这个可怜的小蚕把它的全身都化成丝，成茧之后，它自己本身完全消失了。

147

你别瞧猪那么笨，它们却能够分辨出来谁是杀猪的屠夫。

狗也认识专门杀狗的屠夫，虎也认识专门打虎的猎人，这两者之间有一种神秘的感应。

杀猪的人从猪圈外面经过，圈里的猪个个伏在地上，闭起眼睛，哼也不敢哼一声。杀狗的人如果经过一条巷子，每一家的狗都会忽然跳起来，两眼发红望着门外，有些狗会跟在后面，闻他的脚印，不断地朝他的背影龇牙咧嘴。

如果是老虎，它遇见了以打虎为业的猎人，就干脆扑上去把他吃掉。

杀猪的人最骄傲、最光荣。你看，打虎的人被虎吃掉，这是笑话；打狗的人被狗污辱，这是很大的失败；而杀猪的人得到的是彻底的胜利。

148

在电信局工作的一个技工，非常非常爱他的女朋友，但是那女孩儿的父亲非常非常不喜欢他，非常严厉地禁止女儿和他来往。

他写去的信，一封一封退回来；他登门拜访，对方闭门不纳；他坐在巷口转角的地方等她出来，无论等多长的时间，仍然不见她的影子。她是被她的父亲拘禁了，她的卧室从外面上了锁。

电信局的业务发展得很快，他经常是忙碌的，终于电线杆像农夫插秧一样地插过来了，女朋友家大门旁边就有一棵。电线把这一棵和数不清的那许多电线杆连接起来，线里面从早到晚，拥挤不堪地传递着人和人之间的讯息，但是他没有办法把心里的话告诉他的女朋友，她也没有办法把心里的话传达给他。

他爬上她大门外的电线杆，一面工作，一面想着这些，几乎要发疯了。

从那棵电线杆上下来，他回到办公室，潦潦草草写他的辞呈。他觉得他的工作毫无意义！

149

深夜，广播电台播送音乐节目，唱片在唱盘上转得很正常，值班的工作人员却睡着了，他疲劳过度，忘记按下一个应该关好的电钮。

这人有打鼾的习惯，他沉重的鼻息也变成电流，发射到九霄云外，再经过折射，转进家家户户的收音机。收听这个节目的人，都不知道是怎么一回事，心里觉得很奇怪。

一个新派的音乐家听见了，他忽然得到一个灵感，他动手研究制造一种伴奏的乐器，声音跟他从收音机里听见的骍声差不多，他把这种声音正式用在他的曲子里。

他的曲子突然因此走红。

这一种结果，连他自己也大吃一惊。

150

寡母守着独子过日子，念念不忘怎样教养孩子，她暗暗地盘算，这孩子的父亲、祖父都是好勇斗狠的人，一辈子，不，两辈子都吃了硬脾气的亏。老天保佑这孩子千万不要跟他们一模一样。

她随时随地利用机会影响孩子，有时候，娘儿俩谈起往事，母亲就对孩子说："从前在咱们老家，邻家的鸡常常跑进我们的院子里找食吃，到了该喂鸡的时候，奶奶抓起粮食，大把大把往院子里撒，任凭别人的鸡跟自己的鸡一块儿吃个够。有一天，邻居来串门子，看见鸡窝里有刚刚生出来的鸡蛋，就毫不客气地一把抓起来，大声嚷着：这一定是我们的鸡生的。奶奶听了，目瞪口呆，说不出话来。爷爷却笑嘻嘻地说：不错，不错，这两个鸡蛋应该是你的，你拿去吧！"

后来，国文老师以"我的祖父"为题，要学生作文。这个孩子写的是："我没有见过祖父，据说他是一个很懦弱的人，提起他来，我真有些不好意思，我将来绝对不会跟他一样。"

151

节目主持人访问他的特别来宾。

"请问你在二十岁的时候，最害怕的是什么?"

"我嘛，二十岁的时候，什么也不怕!"

"后来呢? 比方说你到了五十岁，有没有觉得可怕?"

"我在五十岁的时候，开始怕我的老板。"

"后来呢? 是不是你年纪愈大愈怕你的老板?"

"那倒不然，六十岁我退休了，我开始怕儿子。"

"现在呢? 现在你怕谁?"

"现在嘛，我现在七十多岁了，天不怕，地不怕，跟我在二十岁的时候心情一样。"

152

在博物馆看到一幅名画，标题是"鱼乐"，纸上画着一条鱼，连一滴水也没有。

在干燥的池塘里，鱼怎么能快乐得起来?

画中的鱼，生着斗鸡眼，好像有几分神经分分，也只有神经病，才会在那种环境里觉得快乐。

153

冬天，他想雪想得要命，同事从大屯山上带下一捧雪来，装在密封的保温瓶里，一路开快车下山，雪还没有融化。

山下，雪渐渐化成水，消失了那一团美丽的白，真是可惜。

邻居来，看见他因为失去了雪而显得郁郁不乐，对他说："瞧这里，我有东西给你看。"他从家里端出一碟子雪来，高高低低，堆成一个小小的雪山。

爱雪的人充满了惊讶赞叹，问他从哪儿弄来的。他说："不稀奇，我可以用我的旧式冰箱自己制造，你们用的是新式的无霜冰箱，在这方面赶不上我。"

154

一天开门八件事，人人希望好天气。

什么叫做好天气？这看你的想法。清明节的好天气是下雨，圣诞节的好天气是下雪。

155

流浪汉逛夜市，在转角的地方发现一间小屋很像他的故居，忍不住要进去看看。

灵
感

79

灵
感

　　小屋里面有一个浓妆的女人，笑嘻嘻地拉住他的手，跟他并肩坐在床沿上。流浪汉心里一阵凄怆："我的太太现在不知怎么样了，但愿她在多灾多难的家乡也能碰见好人。"想到这里，不知不觉把对太太的怜惜、同情转移到眼前这个私娼身上，就把钱包里的钞票全部拿出来，塞进她的手里。

　　女人高兴极了，一手握住钞票，一手向他献媚。恍惚间他觉得这是他在家乡的太太向另外一个男人殷勤，想不到自己的太太这样无耻！就站起来噼里啪啦几个耳光把她打倒在床上。钞票撒了一地。

　　女人跳起来冲出屋子，对着夜市大喊："你们快来呀，我屋里有一个疯子！"

156

　　一个单身汉跟着他服务的机关来到乡下，一住三年。

　　这三年，长官派他在一块荒地上种田养猪。为了工作方便，他在菜圃和猪圈之间搭了一间木板屋挡风遮雨，有时候夜晚就住在里面。

　　他认为种菜养猪是女人干的事情，心里非常别扭。久而久之，习惯了，他仿佛觉得自己已经变成一个女人。

　　浇完了菜，喂过猪，坐在小屋里抽烟，夜间万籁无声，内心寂寞，不觉自言自语。他时而觉得自己是男人，时而觉得自己是女人，恍惚间他已化身为二，一男一女，男的是丈夫，女的是妻子，夫妻灯下闲话家常，他一个人谈得津津有味。

三年后机关搬迁，他要离开他的菜，他的猪，他的木板屋，内心怏怏不乐。人家都上路了，他还没有走，他要再看看他的小屋。他围着屋子转了几圈，在屋子里放了一把火。

这一把火变成野火，燎原烧起，烧光了一座山，烧红了半边天。

人人谈论这场火。有人说，大火所以烧起来，是夜间走路的人丢了一颗香烟头；也有人说这是盗伐森林的人纵火，湮灭他们的犯罪证据。

还有人提出别的猜测。

只有他，那个单身汉，一声不响地抽烟。他把烟吸进去，闭紧嘴巴，从鼻子里喷出来。

157

放乎中流，湖水澄清，什么东西也没有。

可惜，有人影。

其实，湖底有很多东西，只是人看不见罢了。

天上呢？天上也有很多我们看不见的东西，我们以为它"空"。

158

　　顾客走进豆浆店，坐下，对老板说："来一碗甜浆！"喝了几口，顾客叫道："老板，再加一点糖，豆浆不够甜。"

　　加过糖，顾客唏哩呼噜一阵，又叫："老板，太甜了，再加一点清浆。"

　　他来喝一碗豆浆，临走，肚子里装进一碗半。

　　后来，在教堂里，老板和顾客碰了面，顾客握着老板的手，很亲切地说："真对不起，我以前喝豆浆那么噜嗦，存心想占你的便宜。我现在皈主了，昨死今生，重新做人，请你原谅我的过去。"

　　豆浆店的老板也说："我也一心皈主，改过迁善。从前你每天来喝豆浆，我都偷偷地朝你碗里吐一口吐沫再端给你，现在想起来，后悔得不得了，也请你原谅我。"

　　顾客听了，把手抽回来，出其不意地给老板一个耳光，那清脆的响声震惊了教堂里所有的人。

　　"我不原谅你，"天天喝豆浆的人指着豆浆店老板的鼻子说，"我到死也不原谅你，你去下地狱吧！"

159

　　"这座山，坐在那儿有多久了？"

　　"很久了，少说也有几十万年。"

"它为什么不走开?"

"山永远不会走开,山是没有腿的。"

"山的后面是什么?"

"听说是大海。"

"这么大一座山,占了这么大一片地方,真是可惜;如果山能够往后退,退到海里,把海填平,那该有多好!"

"孩子,你要知道'知足常乐',山倘若能够往后退,它必然也能够往前走,它只要往前走一步,就会把我们大家压死。"

160

电视公司招考编辑,有一道题目是:设计一个故事,表现一个庸医。

有一张卷子写的是:张医生在马路旁边开了一家外科诊所。一天,附近发生车祸,路人慌慌张张把受伤的司机送来,司机已经昏迷不醒。张医生认得他是谁。

张医生心里暗想:这个人是我的仇敌。电影、小说常常描写医生救活了仇人的生命,我可没有那么伟大,不过,我也不能害死他,那样要负法律上的责任。再说,我的良心也会不安。

他断然对送医的人说:"司机的伤势很重,有生命危险,我这里设备不够,可能延误救治,你们赶快把他送到对面的李外科去。"那些见义勇为的人听了，不敢怠慢，抬着满身是血的司机离开。

张医生的心情轻松下来。李外科常常把人医成残废，或者干脆着手归阴。

最后，说故事的人问观众："这两个医生，哪一个是庸医？"

161

农夫全家逃难，田地、房子、门前门后的大树都无法带走，单单随身带走了两张蚕的种子。

愈逃愈远，由冬天逃到春天，还没有还乡的机会。天气渐渐暖和，化不开他心头的一块冰。

有一天，他看见满墙都是黑色的小蚕蠕蠕爬动，觉得非常奇怪。仔细一看，原来是蚕的幼虫。他带出来的蚕种，在他不知不觉中孵化了。密密麻麻的蚕卵不见了，剩下两张白纸。

看幼蚕，忽然觉得生意盎然，有了重建家园的勇气。

162

一个人从来不生气。

他说："我也常常吃气，不过我不让气留在胸腔里，我向下推它，把它推到肚脐眼周围，让它在那里发热，暖我的肚子，所以我的肚子从来不受寒。"

他说："气特别多的时候，我还可以把它推到横膈膜以下，推到直肠门口，当作屁放出来。"

163

最后生出来的大牙叫做智齿。

这时候，我们所有的牙齿都已经生长齐全，功能正常，这个牙生或者不生，实在无关紧要。

可是，这个牙还是要生，而且生得非常痛苦，它在冲破牙肉脱颖而出的时候，让我们生一场小病，有些人要进医院开刀，帮助它成长。

我们的牙齿上下成对，相互咀嚼。可是，有时候智齿的下面没有伙伴，它独生独长，落落寡合。惊天动地生出来，实际上并没有多大用处。

这个牙齿既然孤立在所有的牙齿之外，下面并没有一颗对等的牙跟它切磋琢磨，它就长得比它旁边的牙齿稍长一些，我们吃东西的时候，别的牙齿碰撞它，也可以说它多出来的部分妨碍别的牙齿咀嚼，它特别容易磨损、受伤、生病。

最后，只有拔掉，拔掉的时候，我们又要生一场小病。这就是"智齿"。

我记得我到过易水，"风萧萧兮易水寒"的地方。

再仔细想想，我并没有到过那里，我只是做梦梦见。

易水并不寒冷，像从温泉里流出来的水一样，水面上罩着一层腾腾的热气。但是毫无问题这是易水，人人都这么说。

我沿着河边走下去，看见水流弯曲的地方竖着一块大字木牌，上面写着"易水温泉旅馆预定建地"。

灵感补

1

作家西西在一首诗里说，鲸鱼见了蝴蝶，连忙沉入深水，惟恐蝴蝶携带的花粉落进它的眼中。这么一说，你我想起鱼永远睁大了眼睛，也不眨一下，平时你我也曾想过，幸亏它在水中生活，可以不受风沙侵袭，这样的念头一闪，也就过去了。西西把鲸鱼、蝴蝶、花粉，这三者连结起来，使读者进入童话的境界，鲸鱼怕蝴蝶？狮子也怕老鼠，有趣，蝴蝶和鲸鱼的对照，比狮子和老鼠的对照，更有美感。

2

沈临彬的诗：战争龇着牙齿／用火折子烧他的脊梁／那条河痛成现在的样子。诗人把河流的弯曲说成痛苦的扭曲，痛苦的原因是战火"烧"成，这也是想象力的撮合。想象力使诗人创造新境，完全脱出陈套，成语回肠九转不能相比。大肠小肠本来就迂回曲折，脊梁是直的，大肠小肠都柔软，而脊梁是硬的，脊梁弯曲和大肠小肠弯曲不在一个层次上。

再看诗人的修辞：他用拟人格，彼亦人子也，我们才有切肤之感。战争面目狰狞，他用"火折子"行凶，以我们从武侠小说得来的知识，火折子用手一抖就可以取火，行为犯禁的人在黑暗中使用，非常方便，使我们想到战争既轻率任性，手段也不光明正大。火折子不烧别的部位，烧脊梁，这是千古得未曾有之奇刑，诗人用作隐喻，战争摧残人的操守、原则、信念、品格，使人倒在地上挣扎，昂藏之躯扭曲如蛇，再也没站起来恢复原状。这不是烧"一个"人，为了使每一个读者觉得"烧"在自己背上，诗人硬是用了"他"，单数。这不是寻常的痛苦，撼天动地，以致受苦的人化成一条弯曲的河流，让天下后世看看不朽的形象，"河"都痛苦成这个样子，"人"怎么受得了！我们几乎要合起诗集，呻吟颤抖。

3

这句话是什么人说的？"当一个人凝视石堆，想象着大教堂的画面，石堆就不再只是石堆。"是啊，杜甫凝视江边的残垒，那残垒就是英雄的遗恨；申公凝视河岸的鹅卵石，那些鹅卵石就是万头攒动的听众；耶稣凝视堆放在街角的石头，那些石头就是高声呼喊的被压迫者；游击战士凝视山中的乱石，他看见手榴弹；饥饿的人看见手边的石块，他看见面包。农民诗人余秀华说，"以杨柳的风姿摇摆在人生两岸"，那杨柳就不是杨柳了；隐地说，"咖啡以热烈的香气迎接杯子的邀请"，那杯子不是杯子，咖啡也不是咖啡了。

4

想象啊！你的名字是灵感。灵感啊！你的名字是创意。

余光中有一首诗，大意是说，午夜醒来，发觉床头高处有窃窃私语声，原来是结婚照中那两人正议论躺在床上睡觉的这一对。照片中为四十年前初婚的新人，眼前却是结缡四十年，头发已霜雪、容颜已沧桑的老夫老妻。我读了这首诗，马上跑进卧室看自己的结婚照片，我想到今日之我怜惜昔日之我，如同怜惜子孙，想到昔日之我谈论今日之我，如同谈论古人。照情理想，他们是我青春时期的蝉蜕，相见不相识，但"想象"往往超出常情常理。

5

陈义芝有《灯下削笔》一诗，削笔，我想到的是削铅笔，当年诗人爱用铅笔，因为诗要反复修改。在书写之前慢慢削笔，欲语还休，或书写之后又在削笔，言不尽意，煞是好看。

文言"笔则笔，削则削"，削笔可解为写成之后又销去，刀刀见骨，而骨何言哉！诗人多隐，所隐者大，所讳者深，费人思索。

削笔的背景是灯下，这支铅笔应该是黑色，夜深沉，意象也深沉。黑白摄影的意态，前人曾说黑白的艺术性优于彩色，我想也要看题材。"笔则笔，削则削"，所笔者惟恐不尽，所削者又惟恐不灭，压上千古不得已者心头。

诗的末段："乞求了解的心，先跪下，像夜雪飘零。"原

来是个雪夜！既用比喻，未必要眼前实景，任何一年的夜雪
都可以拼贴使用，但我愿意设想削笔之夜真的有雪，无论如
何不会是春江花月夜。什么事乞求了解？了解"笔"还是了
解"削"？求谁了解？"跪下"，这是屈原问天的姿势。此心
飘零如雪，想起"文章千古事，得失寸心知"，杜甫的名
句，很自负，我总觉得凄凉。

6

　　某年冬天，洛夫随团到韩国访问，夜宿旅社，有诗《午
夜削梨》。

　　又是午夜，诗人的睡眠时间好像很短？白天，参加访问
团排好的日程，一颗心是散文的心，小说的心，夜晚才有诗
心。此时"冷而且渴"，对白天公式化的活动并不满足？韩
国冬天比台湾冷，台湾民间有个说法："台风就是台风，韩
国就是寒国。"梨性寒，水分多，又在冬夜，所以"触手冰
冷"，诗人心目中的韩国意象？

　　下一句也许更重要：切梨，"一刀剖开／它胸中竟然藏
有／一口好深好深的井"。冬夜临深井，诗人联想到普遍的
人性？是否包括此行对韩国的印象？也许因为天气太冷，传
闻那次访问并不圆满，当然，这种考据对诗并无意义。然
后，吃梨，用"战栗着"形容味觉，代替别人用滥了的饮冰
啮雪，回到寒冷。

诗也有高潮和最高潮，经过切梨、吃梨的两番起伏，结尾是"刀子跌落／我弯下身子去找／啊／满地都是我那黄铜色的皮肤"。最后才写削梨，前面有伏笔：那只梨"闪着黄铜肤色"。一声"啊"，调门突然拔高，回声震动四壁，情感仿佛沸腾。中国韩国都是黄种，都像梨，都用皮囊包着一口深井。何止中韩？普世众生，谁的意识、潜意识都是不可测量的黑洞。

7

痖弦的《盐》，好像被许多爱诗的人忽略了。这首诗的第一段，诗人以愚骏的口吻，半说半唱的语调，让我们听见"二嬷嬷压根儿也没见过陀思妥耶夫斯基。春天她只叫着一句话：盐呀，盐呀，给我一把盐呀！天使们就在榆树上歌唱。那年豌豆差不多完全没有开花"。

"嬷嬷"可以概指出身卑下的老妇，一声"二嬷嬷"，诗中不需要再交代地理环境。穷乡僻壤，负责把全家喂饱的人嚷着要盐，也就是要粮食，要生活必需品，豌豆不开花，没有收成，情况紧急。陀思妥耶夫斯基，俄国的小说家，有社会主义思想，以作品控诉贫富不均，穷苦的二嬷嬷从未见过这样的人，也就是当世缺少这样的人。"天使"可以指宗教，也可以指高官贵人，丈八灯台，光芒四射，灯台下面一片漆黑，二嬷嬷呼救的时候，他们并未救苦救难，只顾自己唱歌。不说要米而说要盐，不说人道主义而说陀思妥耶夫斯基，不说居上位者而说天使，这就是痖弦当时受人称道的超现实风格。

这是全诗的基调，以后两段是这一段的变奏。第二段，二嬷嬷继续叫喊，盐出现了，在七百里外，运输途中，骆驼背上，方向并不是朝着二嬷嬷而来。天使有了回应，"嬉笑着把雪摇给她"，雪的形状和颜色像盐，"撒盐空中差可拟"嘛！但是雪冰冷，可供披裘拥炉的谢公子欣赏，对饥饿的二嬷嬷（和她的家人）只是恶作剧。

第三段又是第二段的变奏，第一句拈出"一九一一年党人们到了武昌"，点破时空背景，我们从诗人用陀思妥耶夫斯基、天使、榆树、骆驼队等等营造的异域幻境中跌落，超现实就是现实，二嬷嬷近在身边。也许党人来得晚了，也许党人的空言多于实际，以致"陀思妥耶夫斯基压根儿也没见过二嬷嬷"，二嬷嬷还是自杀了！痖弦、痖弦你真狠，你让她用裹脚布上吊，她连自杀可用的资源都如此贫乏！痖弦、痖弦你真沉痛，年老的读者都知道，女子一经把脚裹"死"，终生不能解放，倘若离开裹脚布，脚趾疼痛难忍。二嬷嬷决心一死，裹脚布可以改变用途了！痖弦、痖弦你真聪明，你使现实变形出现，不触时忌，由读诗的人相会于心。

全诗都用愚骏的口吻，半说半唱的语调，使人想起"人生像一个傻子说的笑话"，也想起"诗是醉汉的喃喃自语"。

全诗第一段是基调，以后一再反复，每一次反复都增加一些内容，诗的张力螺旋形升高，使人想起音乐。不过诗的结尾是"那年豌豆差不多完全开了白花"，痖弦、痖弦，你的心眼儿真好！

8

流年并非偷换，它走过来，走过去，不断大声吆喝。那一个一个节气，一个月一个月账单，一波一波纪念日。对了，单说纪念日吧，二月有个湿地节，注意啊，现在水鸟没有家，将来你我也没有家。又有一个情人节，修补人和人的关系啊，它最禁不起损耗。三月有个爱耳节，又到了检查听力的时候，月底有个水节，知道吗，几十年后我们也许无水可用。……直到年底，这一天提出警告，吸烟的人又增加了多少，也就是说，心肺疾病的患者又将增加多少，那一天又提出警告，森林的面积又缩小了多少，也就是说，水灾旱灾又将增加多少。

当然，岁月并不都是这样黯淡。新年来了，一片恭喜之声，二十四番花信风吹过来了，万紫千红，又是一年浮瓜沉李，又是一年绿蚁新醅酒，红泥小火炉。还有你的六十七十大寿呢，还有你家的弄璋弄瓦之喜呢，还有新屋落成，檐前燕燕于飞呢，还有你中过奖、和过满贯、看你的情敌落发为僧呢。年华似水流过的时候，你还和它握手，拥抱，几乎要随它同行呢。你也送过旧，迎过新，放过鞭炮呢。

流年并非脱掉鞋子、蹑手蹑脚，像一行小老鼠走过，它是前呼后拥、人喊马嘶，像火灾一样出现。有一个人受不了那一波一波夺神丧魄的噪音，干脆把自己弄成聋子，有一个人不能发现这个场景，最后变成呆子。

9

据说，"胜利"有一百个爸爸，"失败"是个孤儿。

这句话到底是谁说的？名言也有一百个爸爸。

我想失败也有一百个爸爸，只是都不肯出面认领。

胜利也许只有一个"生父"，其余只是伯父、叔父、义父、姑父、姨父、教父，一拥而上。

"胜利"自己绝口不提那些人，他说他的父亲是天父。

10

北岛："卑鄙是卑鄙者的通行证，高尚是高尚者的墓志铭。"

不满意吗？这样的结局已经难得。你可曾设想，卑鄙者的墓志铭是正直，因为他成功了；高尚者的墓志铭是卑鄙，因为他失败了。

写墓志铭也得有一等手笔，有人以此为常业，你可曾设想，他是什么样的心情，抱着什么样的人生观。

11

乔治·艾略特："一条年老的金鱼，一直到死都保持他年轻时的幻想，认为他能游到玻璃缸外面去。"

是吗？这要看那条金鱼受的是什么教育。咱们人类受的教育是"行者常至，为者常成"，还有"不怕慢，只怕站，不怕站，只怕转"。其实人生在世一辈子都在转，小说家把这个现象约化为梁山泊的英雄，大观园的美人，诗人再把英雄美人约化为玻璃缸里的金鱼。

金鱼是否有幻想？年老的金鱼是否保持年轻时的幻想？金交椅上的好汉或绣阁香闺里的十二钗最后能大彻大悟，鱼没有这个能力，岂不要含恨以终？诗人如此设想，我总觉得他虐待了金鱼。

诗人以虐待金鱼展现原创力，想想看吧，你还能找到哪些东西可以虐待。

12

李商隐："龙池赐酒敞云屏，羯鼓声高众乐停。夜半宴归宫漏永，薛王沉醉寿王醒。"

先说本事，唐玄宗赐宴，许多嫔妃、许多臣子都到了，侄儿薛王和儿子寿王也到了。"三千宠爱在一身"的杨贵妃，自然和玄宗坐在一席。这首诗的前两句描述宴会热闹，第三句说散席以后长夜漫漫，最后一句说，别人回去都睡得很好，惟有玄宗的儿子寿王整夜失眠，为什么？因为杨贵妃本来是寿王妃，玄宗硬是侵占了儿媳妇。"薛王沉醉寿王醒"，历代诗评家都称赞这个"醒"字用得好，深刻、含蓄、讽刺。

李商隐是唐代诗人，他能这样写出一个"醒"字，李唐王朝的文网好像很宽松。不过，这样一个题材用一个"醒"字打发掉，还是可惜了，这个"醒"字可以发展成一篇意识流小说。

我读到的历史小说，大都不脱章回体裁。想想看，历史上很多题材适合使用意识流手法，像后来玄宗的"夜雨闻铃断肠声"，像后来文天祥的"惶恐滩头说惶恐，零丁洋里叹零丁"。

13

"人生是一道污秽的川流，要能涵纳这条川流而不失其清洁，人必须成为大海。"这话是尼采讲的，二十世纪三十年代，中国，尼采的每一句话都是文艺青年的"圣经"。五十年代，虞君质以"海"为剧名写了一部大戏，剧中一个女孩子在暴力下失贞，从悲痛中走出来，对自身不幸的遭遇说了一个比喻，好像有人把污秽之物丢进大海，大海依然清洁庄严。

可是现在环境污染的问题严重，"大海真有能容之量"？大海也有不耐烦、受不了的时候，"大自然反扑"之说代替尼采的名言，这种反扑也像被压迫者的暴力革命，过当，无理性，突然爆炸。例如海啸，二〇〇四年发生的南亚海啸，对东南亚及南亚地区造成巨大伤害，死亡和失踪人数超过二十九万。

人以想象力把种种天灾当做大自然的"反扑"，认为大自然也有人格，研讨如何改善双方的关系，倒也是一件有趣的事情。现在对科幻小说有兴趣的人越来越多了，必焉有人写出人和大自然的谈判、角力、和解、破裂，以及云云。

14

猴年，到处有猴子的照片和画像，有机会仔细看看猴子。

猴子的确像人，其实所有的动物都像人，至少它的某一部分像人，或者它在某个时候像人。猪，当它站立不动的时候，单看它的眼睛，像个受苦的思想家。雄鸡，当它左顾右盼的时候，像击退敌人余悸犹存的军官。牛，辛勤耕作，它是四肢服从、眼睛反抗的汉子。鸟，帮助作家创作了"小鸟依人"这样的成语。狗，产生"徐青藤门下走狗"这样的传言。

也可以说，人很像禽兽，某种人像某一种禽兽，或者人在某种情况下像是某一种禽兽。

"众生平等""众生一体"之说，也许是从这里得到灵感？除此之外，我也替他找不到别的证据。

15

诗人黄梵写胡子，开篇第一句就以好奇的口吻指出，它一直往下长。作家要有好奇心，没有好奇心，胡子朝下生长理所当然，无话可说，有了好奇心，从"当然"中寻找"何故"，就有了以下四问，耐人寻味：

"是想拾捡地上的脚印？"胡子和脚印都是成长的痕迹，两者之间或有感应。"是想安慰被蚯蚓钻疼的耕土？"岁月流逝，留下伤害，包括开发对大自然的伤害。"想弄清地上的影子，究竟有没有骨头？"胡子如筹码，有本钱探索生命的奥秘了。"想长得像路一样长，回到我初恋的地方？"胡子如结绳记事，忍不住拈断几根，"我思故我在"。

诗末两句："它也像一根根铁链，把我锁进了中年。"按，诗人一九六三年出生，既称中年，此诗应是五十岁左右所作，我在他五十二岁时读到，应该是相见恨晚了。我也有过五十岁，每天也刮胡子，有感兴，仿佛和胡子对话，他想到的，我怎么都没想到！

16

史学教授王成勉邀约同道多人座谈，解读"蒋介石日记"中宗教信仰的部分，话题十分新鲜。

据报导，参加座谈的学者指出，蒋氏一生有几个最痛苦的时间，如一九四四年和史迪威决裂，一九四六年签订中苏友好条约。日记显示，蒋公在面对痛苦危难时，从《圣经》和祈祷中得到启示和支持。

蒋氏一生，似乎严肃多于轻松，坚忍多于快乐，他当年常说一句话："寒夜饮冰水，点滴在心头"，其中应该含有基督教的成分。说到蒋氏最痛苦的时期，我觉得不能遗漏了一九四九年他败退到台湾的时候，他一再说："我无死所矣！"他和夫人同登玉山，置身"只有天在上"的孤绝之中，读《以赛亚书》："压伤的芦苇他不折断，将残的灯火他不吹灭。"我们可以想象这两句经文对他的意义。

新闻报导转述王成勉教授的话：蒋氏日记中多次提到他受到神的感召、启示，甚至还有和神沟通的经验，但都没有更多的资料可说明细节。这倒是我们当时生活在台湾的人完全不知道的事情，这个保密工作做得好！可以想象，如果这些细节当年公布了，或者由教会故意泄漏了，不知道台湾当年有多少天父附身，天兄降世，故事可就多了。

给蒋介石写传记的人，可曾这样想过？

灵感补

17

新闻报导说，座谈会中有人标举蒋氏伉俪引领三个重要的人物皈依基督，这三个人是张学良、孙运璇、尹仲容。我想应该加上一个人，或者应该首先提到这个人，蒋经国。王教授说蒋氏日记中对于"经国受洗"有丰富的描写，提及自己为此而感动谢恩，也谈及一年来和经国共同祷告，最后由其自定受洗。

蒋经国是蒋介石之后关系台湾祸福的人物，他的苏共背景，他的特工经历，都曾经令人惴惴不安，可是上台以后他完全变了一个人，他的观念为什么会改变？似非一句台湾人民的压力所能完全解释。可以想象，既然蒋经国对基督教的投入这么深，岂能船过无痕？如果基督信仰也对他起了潜移默化的作用，他家老太爷可谓用心良苦，台湾人民可以算是进入上帝拣选的名单了。

给蒋经国写传记的人，可曾这样想过？

18

"东坡肉"是一个文人的私房菜，从苏东坡的性格和当时的环境推断，它的做法应该很简单，后来落入专业厨师之手，工序和作料就复杂了。如果东坡先生今日复活，他会吃到他从未吃过的东坡肉，他怎么想？

他喜欢吃肉，下放黄州那些年，尤其爱吃猪肉。他享年六十六岁，或者六十四岁，后世惋惜他死得早。倘若东坡今日复活，有血压、胆固醇之类的常识，出席今日诗人的欢宴，重逢当年百吃不厌的红肉，他举起筷子，会怎样想？

秦始皇虽然并未把阿房宫盖好，他确实建造了一些规模比较小的宫殿，也很奢侈华丽，后世数落他的罪状，用阿房宫的工程概括代表他大兴土木劳民伤财。如果秦始皇也能在今日重游西安咸阳，他当然重游阿房宫的旧址，他当然看见今人已经在那里建造了一座阿房宫，他做梦也没想到，阿房宫可以如此宏伟壮丽！除了阿房宫之外，西安市还有许多高楼大厦，园林亭台，种种奇形怪状，奇技淫巧，奇思妙想，尤其到了夜间，霓虹灯打开，人间恍如天上，秦朝那些良工巧匠，不过把各色油漆涂在木材上而已。他会怎样想？

19

"客从远方来，遗我双鲤鱼，呼儿烹鲤鱼，中有尺素书。"我当年以童心初读此诗，以为这位太太真的在做清蒸鱼的时候发现了丈夫从战地写来的家信。

后来知道，古代没有今天的邮政，通信困难，漂泊的人偶尔托另一个漂泊的人顺路带信，写信的人要向受托带信的人"再拜"，相当隆重。家中思念远人，盼望音讯，不免生出种种幻想。

后来知道，这一双肚子里藏着家信的鲤鱼，乃是用木板做成的"信封"，家信写在绢上，夹在里面传送。我不大喜欢这个事实真相。后来知道，汉朝派苏武出使匈奴，遭匈奴扣留，历史上多了一件艰苦卓绝的故事：苏武牧羊。汉朝派使者向匈奴要人，匈奴说苏武已经死了。汉朝的使节说，皇帝打猎的时候射下一只大雁，雁足上绑了一封信，说是苏武还在北海的冰天雪地中牧羊，匈奴大惊，释放苏武归汉。我觉得匈奴的领导人很可爱，他还相信童话。

后来知道，《世说新语》里面有个人，姓殷名浩，他出京到地方上去做官，京中约一百人托他带信，他把这些信都丢进江中了事。这时候，纸笔应该很普遍了，我又希望这些信仍然夹在鱼形的双层木板里，每一封信都是鱼，各种形状，各种颜色，在江水中浮浮沉沉，顺流而下，这个画面才配得上这位南朝名士。

还有许多事，需要后来知道。

20

新书发表会是办喜事，作家是新娘，是重心，是焦点，是主角。出版社老板或者文学刊物的主编是傧相。办喜事要有来宾，侨社领袖、文化长官是贵宾。新娘要坐花轿，花轿要有人抬，新书发表会里里外外多少文友帮忙，都是文学轿夫，都是无名英雄。既然有文学新娘，有没有文学婆婆？有没有文学小姑？文学是个大家庭，倚老卖老的，撒泼耍赖的，搬弄口舌是非的，早晚也要冒出来。

21

来到书法联展的会场，满眼都是老头儿，出门在外跑码头不兴留胡子，可是斩草不能除根，那唇上一把青，唇下一把青，分明俱在。

未看墙上的点撇捺，先看脸上精气神，书法家都长寿，平均寿命比高僧多七年，比皇帝多一倍。写字也是运动，四肢百骸都用力；写字也是养气，五脏六腑都受用；写字也是修行，清心寡欲，脱离红尘烦恼。

再看四壁琳琅，每一笔一画，都是灵芝仙草，每一个字都是长寿的密码，每一幅字都是长寿的宣言，每一位书法家都如日之升，如月之恒。这些对联，条幅，横批，斗方，互相呼应，来一次长寿大合唱。

座中年纪最大的前辈一百零三岁，他的夫人，也是书法家，一百岁。应该有人为他们写一副对联：西望瑶池降王母，东来紫气满涵关。同门同好加上弟子，都是长寿的人，这真草隶篆，颜柳欧赵，都是你们的长城，都是你们的宫殿，一步踏进你们的领土，我觉得伐毛洗髓，飘飘欲仙。

长寿有秘诀，百家争鸣：要长寿，吃羊肉。要长寿，多看秀。要长寿，来念咒。要长寿，走透透。来到书法联展的会场一看，要长寿，别管合辙押韵，去买几支毛笔。

22

名言翻案

己所不欲，勿施于人。——孔子

怎么？如果我认识一个女孩子，她对我不合适，我难道不能介绍给朋友吗？

如果你的女朋友改名玛丽，你怎可再送她一首《菩萨蛮》？——余光中

仍然可以。自来作家艺术家名义上把作品送给这个献给那个，实际上都是写给大众读者的。

幸福的家庭都是相似的，不幸的家庭各有各的不幸。——托尔斯泰

没有家庭幸福的人才会这样说，其实家庭的幸福也千滋百味。

演讲如女人的裙子，越短越好。——林语堂

越短越好？不想想大腿的长相吗？

一个人应当像一朵花，不论是男人女人。花有色香味，人有才情趣，缺一不可。——冰心

成吉思汗像什么花？

23

北岛有一首诗，题目是《生活》，整首诗只有一个字，"网"，人称一字诗。我觉得这首诗并非一个字，而是三个字，单是一个"网"字不能成诗，必须连题目"生活"也加进来。

陶渊明称世俗为"尘网"，北岛描述现实生活为"网"，两大诗人所见略同。网字简体作网，字形由小篆移来。书法家写小篆，基于艺术上的理由，有时在里面写四个×，更是宛如张网以待的图画。

古人受道家影响，认为"网"是束缚，是陷害，这个网是网罗；今人另有看法，"网"是连结，是交通，这个网是网络。

道家之网可以脱离，只要北窗高卧东篱采菊就可以了，现代社会学家的网无法脱离，我们终生都在其中，陶渊明生了病也得进城求医，由乡到城这一段路就是网上的一段"线"，他和医生会面就是网上的一个"结"。由此类推，上班出差旅行搬家无非线也，开会赴宴接电话写八行无非结也。

灵感补

现代人天天忙着结网，把别人结进自己的网，又将自己融入别人的网，有网有我，无网无我。退休的人为什么得忧郁症？他忽然发现自己没有网了！如此，可以有另一首诗。

24

田新彬女士的散文：《与一只流浪猫相遇》，家中无意养猫终于养猫。主妇无意养猫，由于以前受过许多"失去"的痛苦，避免再造因结缘，但是人贵有情，谁能寂灭，终于爱上那只猫，毅然担当"爱别离"的后果。

一只猫上升为寓言，想想咱们流落异邦的人，当初勘破尘缘，大割大舍，其中多少人再也不愿"养猫"了，但是一旦猫找上门来，多少人从头做起，把以前丢掉的又捡回来！

最动人的一段话乃是：

> 啊！我突然明白了，它绝不是一只天生的流浪猫啊！它一定曾被人爱过、宠过，也曾大咧咧地卧在主人膝上打过盹，这些美好的回忆才是支撑它拼命想进到屋子里，想与人亲近的原因啊！虽然吃了那么多苦，它仍然鼓起最大的勇气跳上我的膝头，它是想回到昔日，回到那美好的从前啊！

可以失望，不能绝望。可以遗失，不能抛弃。可以停止，不能终止。有此一念，天地间多少文章。

25

读游书珣的一首诗，长段落无标点，任凭读者依自己的情感、体会和语气点断，可以点成好几个版本。或者依某些现代诗人的主张，意识本来没有秩序，标点是人工强加上去的符号，干脆不要使用。

原诗不能全抄，我认为最精彩的一段是："安静的夜里全世界仿佛都怀孕了——天空怀着无数颗星星大地怀着四季小狗怀着接飞盘的梦构树怀着硕大的露珠我从露珠里照见大腹便便的自己黑色的夜晚怀着我我怀着你……"

如果他用的比喻不是"怀孕"，那么天上有星，星夜有熟睡的小狗，树叶上有露珠，树下有不眠的人，凑不成一个境界。可是他说怀孕！"安静的夜里全世界仿佛都怀孕了"，我想起因果，我认为怀孕是因果的意象，这一段诗可以放进因果的观念中沉吟咀嚼，发现别有天地。

我熟悉因果之说，它帮助历代作家认识人生，发掘题材，组织情节，我也知道在文学创作的时候，因果需要意象，可是怀孕！我没有想到！

26

每一个成功的男人，背后都有一个女人。说得好！可是还有：

每一个失败的男人，背后都有两个女人。说得好！可是还有：

每一个成功的女人，背后都有一个没饭吃的男人。

27

时下人情冷暖，"义犬"的故事却很多，令人称道不已。可是宠物只对饲主有情有义，转过头来对路人、邻人、探访的人，往往不分青红皂白，穷凶极恶。主人饥肠辘辘，外卖郎送来上等客饭，衣上也留下它的爪痕；主人思乡情切，邮差送来万金家书，腿上也留下它的牙印（据邮局发布的记录，有一次恶犬咬中了邮差的命根子！）。狗咬人照样是大新闻，旧金山，一只牛头犬竟把一个十二岁的男童活活咬死！

成语说"桀犬吠尧"，坏人养的"义犬"咬好人，因为好人是敌人。莫要批评它愚忠，忠者必愚，完全依从主人的判断。人脑善变，桀犬岂能完全体会桀的心思？"义犬"的困窘并不在它咬了邮差，而在主人暗中把敌人当做朋友，它仍然切齿怒目扑上去，或者主人昭告天下朋友已变成敌人，它仍然摇着尾巴欢迎。

"走狗烹"，并非因为"狡兔死"，主人偌大家业，何在乎你吃一碗闲饭？"义犬"永远不会知道，主人已把兔子当做宠物，它还以捉兔子为志业，破坏了主人的布局。厨房里已在生火磨刀，待决之犬犹在幻想奔驰原野立功受赏，悲夫！有一位小说家到处寻找题材，我提醒他，这不是很好的题材吗！

28

人人有个未了愿，"不如意事常八九"，"不到黄河心不死"，这些俗语才会成为不朽的名言。

我常把《新约》的主祷文当做一篇"未了愿"看，基督向上帝祈求，其实也是向人间许愿，心情之虔诚，语气之恳切，足以感动一切关怀天下苍生的人。这是一种文学的感动，可以与宗教信仰无关，读这类文件而无动于衷，非文学人口也。

诸葛亮的《出师表》可以从"未了愿"的角度去读，唐代诗人咏叹"出师未捷身先死，长使英雄泪满襟"，得其三昧。范仲淹的《岳阳楼记》也是一篇未了愿，由写景而言志，这才将境界扩大。我读《孟子》末段，惊为最别开生面的一篇未了愿。他先"发明"一条历史定律，认为"五百年必有王者兴，其间必有名世者"。他由尧舜说起，然后历述圣君贤相，数到孔子以后，竟然没个人物符合他的史观。最后他感叹："然则无有乎尔！终亦无有乎尔！"声音节奏竟有要哭出来的样子。我并不认同他的历史定律，但是他盼望天下大治，百姓安乐，情词迫切，如果他想哭，我亦泫然。

未了愿！写出来！

29

林黛嫚女士的"慷慨"：一个纯洁的年轻人，本来很乐意帮助别人，例如说，"今天有人在捷运站跟我要五十元，说他钱包掉了，没钱买车票。我给了他。"可是那人是个骗子。这一类的经验累积起来，助人的心冷了，可能再也不管陌生人的燃眉之急了。

读后联想起一个老问题：有人说，社会上坏人本来很少，可是好人的慈悲慷慨使坏人受益，坏人不可为而可为，结果好人把许多人惯坏了。这话可以解释捷运车站为何出现骗子。

另有一说，社会上好人本来很多，可是坏人把他的好心肠当做他的弱点，攻其不备，天长日久，"生活教育了他"，好人可为而不可为，结果坏人把许多好人教坏了。这话可以解释那个年轻人为何改变了他的"慷慨"。

两种说法都言之成理，我插嘴进来是想问一句：为什么结局都是增加了坏人呢？为什么人这么容易变坏呢？

如果结局是坏人变好，必有许多人认为是道德八股。

流行的思潮杀死多少灵感。

30

生如旭日，死如夕阳，第二天日出，一次轮回。泰山观日出，婴儿初浴，奔腾跳跃，红光满海，夕阳欲下，有弥留状态。如此这般，翻案很难。

诗人必须翻案，蔡维忠说，"英雄眼底无末路"，夕阳是到地平线外开疆拓土。

31

选举年度最有智慧作家：

别人消磨时间他磨剑。

别人挑同行的错他挑自己的错。

别人孤芳自赏他勇猛精进。

人家高谈阔论他暗中笔记。

别人兜圈子他往前走。

他是谁？

32

作者写书就是说话，最精彩的话最要紧的话。写书才是倾囊相授，一本书是一个装金币的口袋，一本书是一个百宝囊。

听君一席话，胜读十年书？这话不大可靠，聪明人还是回家读书。

十年寒窗无人问，一举成名天下知；

一举成名天下知，十年字纸篓有人问。

33

作品，有小而美，有大而富。

小船小桥小渡头，细雨临风岸，大舰大船长虹长堤，云霞出海曙。

小饭店可口小菜，好邻居小村小镇，美好回忆小河旁边小花小草一只小手。

有人需要嗅窗前一盆兰，有人需要看窗外水泥森林。

有人需要拳头，有人需要指头。有人需要华山，有人需要太湖石。

出版社有小而美，幅度小，密度高；数量少，质量高；财力小，智力高；读者少，兴致高。

小而美的作家，小而美的出版社，为了小而美的读者。小众，分众，山羊绵羊自成一类，同声相应，同气相求，人之相知，贵相知心。天上一滴泪，地上一个湖，人间一口气，天上一片云。小而美追求高度，大而富追求广度，各取所需，各有因缘。

34

四境界：还君明珠双泪垂，还君明珠不垂泪，不还明珠不垂泪，垂泪但是不还珠。

境界如高山，山下是热带，山中是温带，山顶是寒带。

山下是热带的动物植物，山中是温带的动物植物，山顶是寒带的动物植物，各从其类，不能移民，只有人可以上下看遍。

35

作家从生活经验得广度，道德修养得厚度，聪明智慧得深度，宗教情操得高度。

作家，除了天才，还要天性，求完美，一心一意要把事情做好，夙夜匪懈，念兹在兹。还要天缘，客观条件，环境，机遇，成全。还要天命，对文学有使命感。累积，酝酿，毅力，长久工作。

36

字的精神即人的精神，最饱满的精神；字的风格即人的风格，最优雅的风格。

大家看书画家写字作画，看他一笔下去，有人啧啧赞叹："这一笔，要二十年！"另一个说："我怎么看不出有什么好?"那人说:"能看出这一笔好在哪里,也得二十年!"

这一笔,汉隶秦篆周代的钟鼎在里面,王羲之赵孟頫米元章在里面,钱塘潮水泰山日出大峡谷的断层尼加拉瓜的瀑布在里面。

看大书家写字,看五千年来家国,十万里地山河。看上通天心,下接地脉。看前有古人,后有来者。看同座知音见知音,同本同源同气同声,看中国的人,中国的心,真正的中国人。

37

有人说:人生永远少一间房子。于是有人接着说,人生永远少一件衣服,存款永远少一位数字。有个男人说:永远少一个老婆。

岂止如此,人生在世总还有一本该读没读的书,一堂该听没听的课,一次该去没去的旅行,一个该交没交的朋友,一笔该捐没捐的钱,一些该说没说的话,该还没还的人情。

38

活到九十岁,税局不再"例行"抽查你的所得税,他认为你没有大笔收入可以隐瞒了。

活到九十岁,警察局不再把你列为"虞犯"。虞犯,有犯罪之虞者,涉案的可能性最大,警察局照例有个名单,管区发生重大刑案，先过滤这些人。

活到九十岁，亲友家中办丧事，不再发讣闻给你。九十多岁的老翁突然在殡仪馆的大厅里出现，吊客吓一跳：这人应该躺着，怎么忽然站起来了?!

活到九十岁，牧师不再上门传教，他认为你的信仰已经固定了，没有时间再改变了。

以前在闹市行走，沿途不断有人塞传单给你，推销房地产，介绍美女按摩，鼓吹世界旅行，劝你算命，劝你补习英文，劝你周末到赌城消遣。整天站在路旁派发广告文宣也是一种职业，他们关怀你，希望你什么都不缺少，使你不胜其烦。

而今九十岁的生日过去了，你扶着拐杖摇摆过市，这些人再也不来伸手拦路，他们也最了解你，这些都与你不相干了：买房子布置新家，环游世界炫耀见闻，赌城杀时间，算命批流年拼前程（尤其是算命，你的命还需要再算吗!）。

于是，走在街上，清心寡欲，一尘不染，仿佛飘飘欲仙。

39

文学，表现手法多变，体裁形式多变，主题意义多变。

殷因于夏礼，可知也，周因于殷礼，可知也。

变是为了创新，创新是因为旧的不能满足作家和读者的

灵感补

117

需要。

创新的办法是扬弃，发扬其中一部分，舍弃其中一部分，再自外面引入一部分，合为一个有机体。

三十年代作家称之为奥伏赫变，现代作家喻为熔铸，通婚。

潮流如逝水，作品固定下来。

大作家引起变革，少数创造，多数模仿。

传播工具的革命，影响作品的形式和内容，报纸出现时已开始。

作家适应，一代有一代的作家。

不要因为自己不能适应就预言毁灭，诅咒。

40

茶是必需品，也是艺术品。

喝茶，饮茶，品茗，不同的层次，我们都尊重。

春有春茶，夏有夏茶，秋有秋茶，冬有冬茶。

天天天蓝，天天品茶，天天都有好心情。

希望茶代替咖啡，至少代替可口可乐。

中国诗词有很多"茶"，也有很多"酒"。

酒比茶多，希望有一天名次颠倒过来。

41

一头大象从马戏团里逃出来，它一直逃，一直逃，只有
逃的时候才觉得安全。

恨别鸟惊心，鸟一直生活在第一级警戒之中，可能因为
看不见正前方，紧张地左右扫瞄。好像只有空中飞行才
自在。

没有地图，或者有一张画错了的地图。有了定点，来了
恐慌，房屋城郭比山脚水涯可怕，四壁都是压力。

后来，那头大象怎样了？那只鸟怎样了？

42

想象是云，生活经验是水；想象是空军，生活经验是步
兵；想象是化学，生活经验是物理。

43

替朋友带孩子，一天疲劳一周。（道义不能代替母爱。）

保姆带孩子，嫌孩子哭闹，喂孩子吃甜酒酿，在牛奶里
放镇静剂。（工资不能购买母爱。）

鲑鱼产卵后死亡，尸体覆盖鱼卵，免遭海鸟侵袭，幼鱼
以母亲的尸体作食物长成。生长在沙漠中的一种麻，母体在
种子成熟落地时死亡，释放出水分来助种子发育。（弱肉强

食不等于母爱。）

母爱！母爱！教我如何描述，如何歌颂，如何回报！

44

"家祭无忘告乃翁"，并非"王师北定中原日"，而是事过境迁，水落石出，这个人的动机是什么，那件事的真相是什么，结果怎么会这样、会那样，乃翁到死纳闷。多年以后，闷葫芦一一打破了，家祭时，别忘了告诉"他"。

"无忘"二字，诗人洞察人情，他知道时间会使前代天大的事到后代无足轻重，趁着自己还有一口气，叮嘱儿孙不要忘记。

45

读论文穿礼服，端庄拘束；读剧本穿猎装，兴奋紧张；读散文穿睡衣，贴身贴心。

人生在世，没有穿礼服的机会，一可惜；没有穿猎装的能力，二可惜；没有穿睡衣的习惯，三可惜。读书识字，不接近政论时评，一可惜；不接近戏剧小说，二可惜；不接近散文诗歌，三可惜。

写散文，也该万籁俱寂，泡一杯清茶，穿上睡衣。

46

李燕琼有《伸手，也可以是给》一文，他这句话的意思就是"先施"，只因为先施者很少，多半等人家来要，以至我们一看见"伸手"二字就想到乞讨。有人戏称乞丐为伸手大将军，有人自己不买香烟，等朋友抽烟时接过一支，称为伸手牌香烟。"先施"一词古雅，李先生把它的词义融入俗语，打破约定俗成，"伸手"有了相反的含义，也就和新月新币一样发出亮光。

李先生引佛家偈语，说插秧的农夫"退后原来是向前"，也是换个角度反过来说，因而新意盎然。依常理，退后和向前相反，但是，究竟是退后还是向前，要看目标定在哪里，行者无论采取哪一种姿势，接近目标就是向前，脱离目标就是退后。不错，农夫插秧时步步后退，他的目标是由农田的东头插到西头，他由东头开始，步步后退，也步步缩短了他和目标之间的距离。……此事此理，人人知道，一句"退后原来是向前"，就好像发前人所未发了。

反过来说：

"天若有情天亦老"？我见过有情天不老，人生易老天难老。"不到黄河心不死"？我读过到了黄河不死心。（毛泽东在"长征"途中留下的誓言。）"千载琵琶作胡语，分明怨恨曲中论"？（杜甫心中的王昭君。）我也读到"汉恩自浅胡自深，……人生失意无南北"。（王安石心中的王昭君。）"曲有误，周郎顾"？我也读过"声清鸟不惊，曲误郎休顾"。（胡庆育的诗。）"柳暗花明又一村"？我也读过柳暗花明，却无一村。"苦海无边，回头是岸"？我也读到苦海有边，回头无岸。（诗人如此叹惜上船偷渡的人。）

48

"登泰山而小天下"？我说过登泰山而后知天下之大。"谣言止于智者"？我说过谣言起于智者。"此心安处是故乡"？我说过不能安心，但能安身，他乡也成了故乡。"不是冤家不聚头"？我说是聚了头才成为冤家。"金人三缄其口"？我认为"金人无喉舌，安用三缄口"？"三十功名尘与土"？我说过三十功名连尘土也没留下。"早起的鸟儿有虫吃"？我说过早起的虫儿被鸟吃。（柏杨拿去做了书名）

天下事一言难尽，所有的名言都留下空间。名言流传千载，读者见惯，到今天，反应微弱了，反过来用，可以开发它的新价值。

49

寂寞时读信

烦恼时读甲骨文

散步时看兴亡变迁

热闹时读人脸

主日崇拜时读《圣经》的封面

50

张让女士有一本作品叫《空间流》，她说急冻的瞬间空间静止。也许在中国文学作品里面，"空间"和"流"三个字第一次合成一个观念，打破了读者的固定反应。

新的组合，新的风吹过古老的平原，产生新的想象。毕业到退休，开会到散会，结婚到离婚，无可奈何花落去，似曾相识燕归来，都是空间现象。我们不是坐在电影院里自己一动不动历尽沧桑，我们就是沧桑，不是南柯一梦睡在那里一动不动看遍兴亡，我们就是兴亡。

空间像宇宙飞船一样载着我们，一路上丢下时间，走向茫茫的未来。如果人类能发明速度更快的交通工具，我们可以追上去，追上壮年，追上童年，追上卢沟桥事变，追上辛亥革命，追上张献忠杀人，追上成吉思汗的骑兵，最后追上"起初，神创造天地"。我们也许害怕了，也许不敢再追了，也许后悔了，我不知道。

51

《当鞋子开始思考》？"用脚心思考"已经是骂人，何况鞋子。

有一人看见许多双鞋子排在玄关，张着口，神情很像要说。

又有一人看见一万双鞋子排列在国会广场上为殉难者请愿，好像要喊救命，好像等失踪的人回来穿上，比一万张嘴还有说服力。

52

《纽约的十三个可能》？

想起有一部电影环球放映，制作者针对每一个地区的风习，设计当地观众喜欢的结局，欧美基督教地区是这样的结局，中东回教地区是那样的结局，非洲地区、亚洲地区也各有不同的结局。

想起有学问的人说，海明威写《永别了，武器》，考虑过四十七个结局。

想起网络小说征求结局，电视连续剧征求结局，都收到几十种可能。

我们不知道的可能，作家未发现的可能，纽约有十三万个可能，一百三十万个可能，宇宙人生有无量数可能。人生丰富，题材取之不尽，用之不竭，作品多彩多姿，生生不息。

53

过分发展是破坏，极左破坏了左，极右破坏了右，过度守旧、过度创新都破坏艺术，超过才力、超过功力、超过对艺术理解的能力都是破坏。

54

抗战时期，日本军队占领了半个中国，在日本军队的占领区，到处都是抗日的游击队。那时候我的年纪很小，也参加抗日，我们受到日本军队的攻击，就往山区里头逃，日本军队紧紧地跟在后面追，从白天追到黑夜。老天爷降下倾盆大雨，天地间一团漆黑，要靠天上有闪电的时候才看得见脚底下的羊肠小道，山路崎岖，人人一直拼命往前走，走着走着前头怎么停下来了，原来前头是个悬崖，前有悬崖，后有追兵，这可怎么办！司令官当机立断，他下命令向后转，走回去！冤家路窄，万一碰上日本军队呢，那也得回头走，总不能守着这个悬崖。走进来是危机，走出去是更大的危机，危机一步一步升高，这就叫精彩。你当然知道，我们是走出来了，今天我才能够站在这里。如果拍电影，编导不会让我们平安无事走出来，他要戏更好看。

55

报馆里来了个新编辑,常常受总编辑责备,生了一肚子闷气。有一天他买了一个西瓜,特别选了红瓤的瓜,左手捧着西瓜,右手拿着切西瓜专用的大刀,他说我请总编辑吃西瓜,咚的一声把西瓜放在总编辑的办公桌上,手起刀落把西瓜劈开,然后咔嚓咔嚓一连几刀,刀尖对着总编辑伸出来又收回去,收回去又伸过来,刀上带着血红的西瓜汁。他这是干什么?

56

六十年代,美国的种族问题闹大了,黑人白人的矛盾浮上来。有一篇小说,写一个黑人男孩跟一个白人女孩恋爱,女孩的家长坚决反对。这个黑人男孩就去见白人女孩的父母,他卷起袖子,露出黑色的皮肤,然后拿出剃刀的刀片,在手臂上划了一道口子,鲜血流出来,他对女孩的父母说:"我的皮肤是黑的,可是我的血也是红的!"这就是特殊性。

到了九十年代,风水轮流转,白人政客纷纷想办法讨好黑人,看小说知道有一个白人出来竞选,他到黑人区演讲拉票,他对听众说:"我的皮肤是白的,我的心也是黑的!"

后面这篇小说显然受了前面那篇小说的影响,变成讽刺喜剧。

57

鲁迅大师笔下的阿Q也有可爱的地方。阿Q，老天爷给他的智商太低，他既不能巧取又不能豪夺，一无所有，他也没有东西可以让人家巧取豪夺，这就成了一个多余的人。大师赋予他艺术形象，他就退出这个社会，别有天地，你我不可以再用这个社会的肉身形象衡量他。他不是一句口号标语，也不是一本教科书。你我不必把四万万五千万人的原罪都交给他，要他扛起来。不要怪他不革命，上帝在天上，他不是革命的料，他是革命志士要救赎的人，革命家看到阿Q，要想起自己的责任，不是想起阿Q的责任。革命，他能做什么？像他这样一个人，只能把炸药捆在前胸后背，到人群密集的地方去轰然一声，那样的阿Q不好看，我不愿意有那样的阿Q，宁愿有这样的阿Q。

58

写作如打麻将：枯藤老树昏鸦，一二三条／小桥流水人家，一二三饼／古道西风瘦马，一二三万／夕阳西下，对子，听牌／断肠人在天涯。碰！和牌。

59

写作如炒菜：越王勾践破吴归，肉丝下锅／战士还家尽锦衣，作料下锅／宫女如花春满殿，大火爆炒／只今惟有鹧鸪飞，熄火起锅。

60

《圣经》中有许多"文学语言"，基督在地上行走的时候，常用诗人的口吻说话，例如"天上的飞鸟，也不种，也不收，上帝尚且养活他们……"还有"五个麻雀不是卖二分银子吗，若是没有神的旨意，一个也不落在地上"。有人读了这话想起上帝全能，有人读了这话想起当时犹太的物价，我读了想起人命关天，鸟命也关天，基督也是爱护动物的。我不认为上帝会亲自管理每一只鸟、每一个草木虫鱼的生死祸福，我会感受到"上天有好生之德"。

61

"你们若有信心像一粒芥菜种，就是对这座山说：'你从这边挪到那边。'它也必然移去。"这也是文学语言。文学语言的特征是感人良深而不必实有其事，受感动的人也不在乎是否实有其事，基督决志救世，信念感天动地，这就是了。穆罕默德要在众信徒面前移山，没有办到，他是圣人，立刻说：山不来接近我，我去接近山，把文学语言转化成哲学语言，给后世信徒宝贵的启发。总之，你不能把基督的那句话当做科学语言。

62

基督说："天地可以废去，神的话一点一画也不能废去。"一点一画？中文《圣经》由繁体字版改成简体字版，减了多少笔画？《圣经》还有地方方言的拼音版，连一笔一画都没有了。再说今天我们阅读的《圣经》，由别种文字辗转翻译而来，"翻译就是叛逆"，不可能完全忠于原典，其间又流失了多少？如果拿它当做文学的语言，这些问题都没有了，我们想起至高的原则不为尧存、不为桀亡，我们也会想象某种"永恒"在宇宙形成之前已经出现，在宇宙消失之后仍然存在。"一笔一画"是文学修辞，不是科学统计。

63

想当年基督从脚下摘起一朵百合花来，对门徒说：所罗门王朝的繁华还不如这一朵百合。他是布道，也是吟诗，文学就是这样，把极复杂的东西变成一件极简单的东西，这件极简单的东西同时也极丰富。听说现在有一拨基督门徒用心提倡基督教的文学，我热烈赞成，并且建议有志者从推广"文学的语言"开始。

64

我多么希望能有美丽的错误，我见过许多错误，可是都不美丽。

错误是一个病灶，钉在 X 光底片上；是一张付不清的账单，每月催讨，带着折磨；是一场五月的大雪，杀死花蕾、蝴蝶的幼虫。

飓风是空气的错误，海啸是水的错误，癌是细胞的错误，……战争是上帝的错误，还有，某种幼稚的政治热狂，是青春的错误。

美丽的错误只存在于迷幻药里，我犯过许多错误，——只有错误，不见美丽。

65

卖面翁卖了一辈子面，很有名声，全盛时期他一天卖出两百碗，可是现在他一天只能卖出五碗。卖面翁生活没有问题，但是卖面不肯歇手，每天照常开门营业，他忠于他的专长，他的荣誉他的乐趣都在面锅面碗里，他承挡外来的打击，拒绝新生的诱惑，每天守着面摊奋斗。

世上总得有信念坚定无怨无悔的人，卖面翁的新闻上了海外华文报纸的头条，大家感动佩服。

有些事新闻没有说：现代社会变得快，一个人如果终身坚守一门技艺，晚景多半凄凉，除非他能不断做得更好……做得更好。长年以来，这位卖面翁可曾研究改进他的产品？他在火候作料刀法口感方面是否墨守成规？他可曾到新兴的面摊去观摩取法？他的碗筷和桌凳的式样可曾更合顾客心意？他的头发指甲围裙可曾比以前更注意整洁？他和顾客之间的应对互动是否比以前增加了亲和力？

如果答案都是"有"，他的面就不会一天仅仅卖出五碗了。

66

蓝天是母亲的眼睛，乌云来了才眨一下，而游子是西沉的太阳，从她的眼底流失。暗夜，母亲永远休息了，星月，她不能瞑目。

67

胡琴，江湖夜雨，凄凉呜咽，鸣一腔不平，词不达意。孤单，就没有反抗的意思，不像锣鼓。哭完了也就算了，留些力气下次再哭。

68

基督钉上十字架，圣母的泪血染红了圣诞花。有圣诞红还有圣诞白，怎么解释？劫波过后，圣母的血泪总要流尽？种花人多事，大丛圣诞白下面开一小片圣诞红，亭亭一片苍白如何掩饰那永恒的吞声？

69

丘吉尔说：酒馆关门时，我就走。我说：酒馆快要关门，我不进去了。有人问：酒馆在哪里？如果根本没有酒店，我们都落空。

70

别人云亦云，笑藤萝抱大树的粗腿。藤若独立，只能在地上爬行，任牛羊践踏。藤萝有权选择自己的生活方式。所以，祝福他有棵大树。

别一直背诵成则为王，败则为寇。记住：有一种人成则为王，败则为圣。还有一种人成则为寇。成语多半以偏概全，我一面使用成语一面怀疑。

71

我听见一位败军之将说：爱民如子有何用！真儿子又有几个孝顺。传闻他在指挥大军作战的时候说：我们不是什么仁义之师。小说家怎能忽略这样的人物！

72

东坡对他的弟弟说：但愿人长久，千里共婵娟。我对我的朋友说：但愿人长久，万里共文学。有一个人不得了，他说：但愿人长久，百年共兴亡。一兴一亡，人口大量减少，你我难得剩下。

73

纽约街头的对话。问路："Bird Pl. 在哪里？"回答：我不懂英文。问路者开骂：你是白痴！民权分子说：这是种族歧视。社会工作者说：这人有精神病。法师说：大热天，找路找急了，骂你一句，出口气，没中暑，你救了他。教育家拍他的肩膀：还不快进英语补习班？免费的哟！贤内助的意见：闲着没事，少在马路旁边站着发呆！

74

大雪纷飞，诗人居然"听雪"。联想到饮雪，味觉。吻雪，触觉。还有踏雪，触觉兼听觉。最普通的是看雪，视觉，撒盐或飘絮，或天使的羽毛零落。诗人，画家，美食家，恋物狂，苦行僧，各有领受。

75

坐在屋子里，望着肮脏的院子，幸而窗帘是美丽的，可也是单薄的。赖窗帘屏障，休养生息，等待整洁的欲望慢慢上升。有一天掀起窗帘，改造院子。

76

古典化用：

"流光容易把人抛／红了樱桃，绿了芭蕉。"

光阴遗弃了你，／任你垂垂蹉跎，／哑了树上的黄莺／老了江南的表妹。

一定要"表妹"，如果改成表姐，滋味完全不同。

一定要"江南"，如果改成蒙古，滋味完全不同。

这就是对文字的敏感。

77

文言化用：

削足适履——鞋子小怨脚大，爬不上去怨树高。

万紫千红总是春，春天是织女的刺绣。

织女把嫁衣丢到人间大地，于是有灿烂的春光。刺绣是对春天的模拟，装扮了世世代代的新娘。

78

现代诗人管管说："春天坐着花轿来。"不说花车说花轿，轻轻地点拨一下"春"字的双关意义，情爱。花轿外头有锦有绣，里面有凤冠霞帔，万紫千红化身。花轿周围的人也都穿新衣，化新妆，光洁明亮，有朝气。春天坐着花轿来，一个"来"字意境全出，它是正在进行式，锣鼓开道，唢呐吹奏热烈，呼应了红杏枝头春意闹，与那个"闹"字相应共鸣。

79

"尺蠖之屈以求伸也。"尺蠖是一种蛾的幼虫，身形细长，前进的时候先把身子拱起来，好像人用手指测量距离那样，所以叫尺蠖。它本是害虫，文人用比喻取其一点：为了进一步，必须退半步。

大白话干脆说大丈夫能屈能伸。"能屈"不是鼓励人安于委屈，而是劝他为"能伸"做准备。能屈是陪衬，能伸是主体；能屈是过渡，能伸是目的。大丈夫能屈，用杜牧的句子："包羞忍耻是男儿"，男权社会的习惯语。

还有许多说法：指头收回来，拳头才可以伸出去。／老虎在跃起猛扑之前，先把身体收缩、伏低。／风中之竹，折腰不是为了五斗米，是为了重新站直。

80

博尔赫斯说，森林是隐藏树叶最好的地方，我想起"万人如海一身藏"。

当代诗人陈九所作的《偶然》：

　　那个偶然的时间，那个偶然的地点，几句偶然的玩
笑，几次偶然的着歉。

　　偶然地屏住呼吸，偶然地转身轻叹，偶然地不知所
措，偶然地悔不当年。

　　我们，再也未能相见，偶然却一下子，变成了
永远。

诗中化用了"此情可待成追忆，只是当时已惘然"！也
许还有徐志摩《偶然》的影子，也许还有李商隐的手印。

81

　　二○一四年，美国报纸刊登的消息，某人发了大财要买
豪宅，正好这人从前的老板要卖掉自己的豪宅，这人花了四
千万美元把老板的房子买下来，铲为平地，重建一座新房子。

　　四千万美元不是个小数目，把房子买过来拆掉重建，至
少得再花四千万，为什么这样做？其中原因应该不同寻常。
新闻报导没有说明，大部分读者惊叹一声，放下报纸，事情
也就过去了。作家不同，他会比别人想得多一些，当年的老
板怎样对待他的下属？今日的买主怎样看待他当年的老板？
为什么一定要买老板的房子？买过来为什么立刻拆掉？故意
拆给老板看？美国式的阶级斗争？

　　二○一五年，美国报纸又有一条消息，有人买了一座豪

宅，立即拆除，因为原来的房主是毒品交易的大"枭"，赚来亿万金元不能见光，可能换成金银珠宝埋在地下室里，买主的兴趣不在房子，而在掘宝。动机很清楚，行为就合理了，这个合理同时也是不合理，可以写成一个闹剧。

82

冬天不能改变四季，但是他想伪装春天。

这就是为什么历书举起告示牌，立春，惊蛰，春寒依然料峭。

冬天说，我就是春天，我使野草泛绿了，我允许去年种下的球根冒出新芽，当然我也有权力下一场雪把它们盖住。

你看柳枝变软了，由他，迎春花开了，由他，我是春天，这些现象应该在春天出现。白天阳光温和，夜间的星辰仍是冰做的，证明我仍然在位。

可是春天不仅仅如此。冬天不断提高演技，越装越像，渐渐地，他不像他自己了，渐渐地，他不知道怎样再做他自己了，最后，冬天真的变成春天。

83

职业，就是给你钱，让你做不想做的事情。换个说法：做过了，还"想"做，是兴趣；做过了，还"得"做，是职业。

打断了腿，筋连着。换个说法：藕断丝连。

人为刀俎，我为鱼肉。换个说法：人为鼎镬，我为麋鹿。人为网罗，我为雀鸟。我是猪羊，他们是屠宰场。我是一块肉，他们是绞肉机。

换汤不换药。换个说法：换瓶不换酒，换衣服不换人，换作料不换菜。

视之如鼠，防之如狮。换个说法：战略上轻视他，战术上重视他。待小人宜宽，防小人宜严。十公里以外是朋友，十公尺以内是敌人。

吸引眼球。另外，吸睛，引人注目、夺目。另外，霸占视域，眼球要跳出来，我只能看见她，此外全盲了。另外，剜眼，剜心。先剜眼，后剜心。

一步错，步步错。另外，一着错，满盘输。另外，第一个纽扣扣错了，以下的纽扣全扣错。

84

朝令夕改。

鲁迅：城头变幻大王旗。痖弦：今天的告示贴在昨天的告示上。……还有呢？

汤因比：人类从历史得到的唯一教训，就是人类不接受历史教训。痖弦：今天的云抄袭昨天的云。……还有呢？

水可干而不可夺湿，火可灭而不可夺热，金可柔而不可夺重，石可破而不可夺坚。

海明威：人可以被毁灭，不可以被打败。耶稣：盐失了咸味，怎能再是盐呢。郑愁予：他留下糖，拿走了甜。……还有没有？

85

上帝作曲，演奏在人。还有，命运洗牌，玩牌的是我们自己。还有，人生一盘棋，你是棋手，也是棋子。还有，中国历史是十亿人口打的一桌麻将。

86

己所不欲，勿施于人。还有，所恶于上，勿以使下。还有，你愿意人家怎样待你，你先怎样待人。还有，所求于朋友，先施之。还有，做自己快乐别人也快乐的事，不做自己讨厌别人也讨厌的事。……还有没有？

87

翻脸像翻书一样，换表情像换电视频道一样，变脸像发牌一样。

此情可待成追忆，只是当时已惘然。/何时销尽相思意，始觉当年不惘然。

88

不要怕，不要悔，负面表述。简单想，勇敢做，正面表述。

中国人说，民以食为天。西洋人换个说法：对于饥饿的人，面包就是上帝。

89

《红楼梦》最后一幕是宝玉出家，书中千头万绪以不了了之，于是产生了红楼续梦，红楼圆梦，红楼春梦，补红楼梦，后红楼梦，据说还有一部《鬼红楼》。

狄更斯最后一部小说名叫《祖德谋杀案》，他没写完就去世了，祖德究竟死了没有，行凶的人是谁，都成了他留下的问号。一九八五年，纽约百老汇上演用这部小说改编的音乐剧，对狄更斯留下的问号提出许多答案，每场演出的结局不同。

了不起，层出不穷的灵感，争奇斗艳的灵感，匪夷所思的灵感，离经叛道的灵感，还包括良莠不齐的"灵感"！

90

汪国真的名句："我不去想是否能够成功，既然选择了远方，便只顾风雨兼程。我不去想能否赢得爱情，既然钟情于玫瑰，就勇敢地吐露真诚。我不去想身后会不会袭来寒风冷雨，既然目标是地平线，留给世界的只能是背影。我不去想未来是平坦还是泥泞，只要热爱生命，一切都在意料之中。"有人就认为清可见底，太显露意志和理性了，我也很喜欢这些句子，可是在提倡"纯诗"的人看，还是拿去配上曲谱，交给万人大合唱吧，效果一定很好。

91

"一个人朝东方开枪，另一个人在西方倒下"，欧阳江河的名句另是一番光景。它不能增加知识，世上绝无此事，它也不能培养判断力，因为太容易下结论了。最后剩下感受，我们又能感受到什么？"铜山西崩，洛钟东应"，自有学物理的出面为之解说，一个得到诺贝尔和平奖的发动了战争，自有搞政治的出面为之解说，"一个人朝东方开枪，另一个人在西方倒下"，也有诗人言之成理，他们使用"荒谬"一词，世事荒谬，人生荒谬，合乎逻辑、不合乎事实，合乎事实、不合乎逻辑。"一个人朝东方开枪，另一个人在西方倒下"，正是要你我感受世界的荒谬，最不合理的才是最真实的。

92

谷昭的诗：开头第一段：打开字典／那些汉字汹涌而来／

灵感补

141

首尾相连，像一列火车／奔向五千年前的春天／……最后一
段：字典打开一次／这些汉字就汹涌一次／这列火车就在大
地奔驰一次／从阿奔到酢／中间隔着五千年的春天。我只下
一条小注，"从阿奔到酢"，指汉语拼音排列的次序，从 A 到
Z，其他的不要再寻求别人的解释。

93

新体诗从古典的格律中出走，自出心裁，至今没有形成
新的格律，新文学的理论家也认为是很大的遗憾。也许终有
一天，新诗也像唐诗宋词，穿上自己的制服，也许它永远不
修边幅，穿着睡衣也上街。我常想，也许别管它怎么穿戴，
只要它是诗，医生即使身披黑袍红袍，仍然是医生。那么，
什么是诗？这个问题一定可以考倒我。如果我说，我写的这
段话不是诗，这话大概没错？它为什么不是诗？并非因为它
没有格律，这话大概也没错？如果你想它变成诗，我现在写
的这些话都得抹掉，你得换另外一套话，我这样说大概也
没错？

94

"大江东去，浪淘尽，千古风流人物。"有格律，是诗。
"逝者如斯夫，不舍昼夜。"没有格律，也像是诗。"和尚打
伞，无法无天。"不像诗。"一个孤独的和尚，打着一把破

伞，在旷野里行走。"像诗。有一年长江大水灾，救灾工作忙翻了天。事后，救灾的官员告诉我们："没有一个灾民病死，没有一个灾民饿死。"不是诗。最后一句："到了夜晚，每一个灾民的头都可以放在枕头上。"像诗。

只要是诗，本是同根生，同父异母，族繁不及备载，其中必定有人出类拔萃，光宗耀祖。有格律，很好，帮助诗，使诗在形式方面更像诗。没有格律有韵味，也很好，帮助诗，使诗在内容方面更是诗。韵味之"韵"超过平平仄仄，超越一王二冬，它是雅俗之雅，精粗之精，美丑之美，清浊之清，醇薄之醇。

95

"绵羊也有发怒的时候，只是不能持久。"

老虎也有害怕的时候，只是用虎皮遮住了。

蚂蚁也有是非恩怨，只是没有大众传播。

96

林肯说："重要的不是你的生命有多少日子，而是在你的日子中活出多少'生命'。"

两个"生命"，字面一样，含义不同，前一个生命的意思是活着，后一个生命的意思是活得有意义、有价值。

白居易年轻时到长安求发展，拜见名诗人顾况，顾况一看白居易的名字就说，你想住在长安并不容易。

白居易的名字，出自《中庸》里面一句话："君子居易以俟命。"居易的意思是站在"易"的位置上，"易"又是什么呢，应该是中庸哲学吧？中庸哲学又是什么呢？你看，文言就是这么麻烦。顾况故意取其歧义，解读为"住下来很容易"，轻松一下，同时也对眼前这位后辈发出暗示：我也许帮不了你。

线装书麻烦，打开计算机简便。有些人真热心，把自己爱读的长短文章下载，用电子信箱传给相识的人分享。打开一看，不得了，那些无名氏太有才了！他们都是文坛遗珠，任人俯拾，虽不相识，心向往之。就拿"歧义"来说吧，且看：

"单身的原因，原来是喜欢一个人，现在是喜欢一个人。"

"一个人"前后出现两次，含义不同，还需要解释吗？再看：

"蜘蛛深爱着蚂蚁，表达爱意时却遭到拒绝。蜘蛛大吼：为什么？这一切都是为什么？蚂蚁胆怯地说：我妈说了，成天在网上待着的都不是好人。"

这个"网上"不是那个网上，还需要解释吗？

97

读清代诗人蒋坦：寂寞园中树，飞花委绿苔，春风吹易落，何似不吹开？想起：春风春雨有时好春风春雨有时恶春风不吹花不开花开又被风吹落！读白乐天无恋亦无厌，想起：与人无爱亦无憎／也无风雨也无晴。想起纵化大浪中，不喜亦不惧。还想起不增不减不垢不净？

读村上春树：她身上长满了肉，就好像夜间下了大量的无声的雪。想起：黄狗身上白，白狗身上肿。

一句好诗可以产生十句百句诗，一首好诗可以产生十首百首诗，一个好诗人可以产生许多位诗人。

诗繁殖，诗轮回，诗百花成蜜，兼收并蓄，诗天地无私，为而不有。

98

古人说七窍凿而混沌死。今人说同是十五岁，我还是一团泥，他已有了七窍。

古人说目光如箭。今人说五叔与狗子住了嘴，互相注视的目光里就有了十八般兵器。（黄孝阳）

我曾经不用白居易的"今年欢笑复明年，春风秋月等闲度"，改用流行歌曲："春天的花是多么的香，秋天的月是多么的亮，少年的我是多么的快乐，美丽的她不知怎么样"。

灵感补

145

我曾不用"惊鸿一瞥"，换成"眼花缭乱，只记得一个美丽的影子"。与其用"沧海桑田"不如用"十年河东，十年河西"。我曾用"猫嘴里挖泥鳅"代替"与虎谋皮"。

99

春江水暖鸭先知，绿到春前柳先知，衣减镜先知，这些句子莫非有因果关系？

苏轼的"去年相送，余杭门外，飞雪似杨花。今年春尽，杨花似雪，犹不见还家"，难道和《诗经》"昔我往矣，杨柳依依，今我来思，雨雪霏霏"，没有因果关系？

古文是根，到现在还提供养分。有人以为同根生要一样，其实可以变化更新。有人以为变化到唐诗宋词明清小说可以止矣，其实流变无尽无休。今人对古文要能化用，"化"是不见了，还存在，不再为自己存在，为新生代存在，因此不再需要形骸躯壳。

100

美国作家巴赫很有钱，他告诉人家，致富之道是"付钱给自己"。

这话什么意思？且听他的解释：多数人赚到钱先付给别人，房东、信用卡、电话公司、政府……这在财务上绝对是倒退。

巴赫建议，赚到了钱，首先把10%存进自己的账户，如果10%太多，5%也可以，即使只能存入1%，也一定要存。

巴赫说："你无法花掉不在你口袋里的钱。你看不到这笔钱，就可以不靠这笔钱生活。"

说了半天，巴赫的意思就是储蓄。多少人主张储蓄，我们都没留下印象，巴赫换了个说法，"付钱给自己"，还真能教人思想一阵子。

101

佛门有很多人擅长运用语言的歧义，留下很多"斗机锋"的故事。

唐朝，玄机尼师拜访雪峰禅师，两人有下面一段对话：

"从何处来？"雪峰明知玄机在大日山修行，仍然有此一问，已经露出机锋。

"从大日山来。"玄机是后辈，老老实实回答了这个问题，很有礼貌。

"日出也未？"大日是一座山，也可以是太阳，雪峰禅师利用"日"的歧义，脱离上下文正常的脉络，问得离奇。对玄机尼师，这是考试，看他修行的进境如何；对玄机的老师永嘉，这是"挑衅"，看他调教出来一个什么样的弟子。玄机"接球"在手，知道不能再客气，立即跳出尊卑长幼的束缚，以平等的精神把球向对手抛回去，他立刻说：

"如果日出，早融却雪峰。"雪峰可以是一个人，也可以是山上有积雪，玄机利用了"雪峰"的歧义。

"叫什么名字？"雪峰换个角度，明知故问，斗机锋往往如此。

"玄机。"

"日织几何？"机，也可以是织布机，有歧义。

"寸丝不挂。"这是佛家用语，丝，既是织布的进度，也是生活中的业果。一根丝也没有，也就是一点牵挂、一点执著都没有，佛门修行的境界。

……

唐代禅僧德山禅师到店铺里买点心，开店的老婆婆问他，《金刚经》说过去心不可得，现在心不可得，未来心不可得，大师要什么"点心"？

有一位出家人天天按时念经打坐，念念不忘守戒，自己说"一日不空过"，没有浪费光阴。他得到的批评是，你的确一天也没有到过"空"的境界，满心都是成佛成菩隆，太执著了。

运用歧义，使陈腔滥调涌出新的表现能力，也是作家的一门功课。

102

杜牧：蜡烛有心还惜别，替人垂泪到天明。"心"字有歧义，既是烛芯，也是人心。

李南衡：有人攻击美国总统福特（Gerald Ford）能力太差，没有杰出的表现，福特总统摊开双手笑一笑，他说："我只是福特，我不是林肯。"福特、林肯，既是美国总统的人名，也是美国汽车的商标。"林肯"是美国历史上伟大的总统，也是世界市场上豪华的汽车，相较之下，"福特"不论是人是车都很平易。

103

莎士比亚有一句著名的台词，朱生豪译为"你能进衙门，不能进庙门"。意思是说你做的事自有天地鬼神知道，你能逃脱法律处罚，终究要受善恶报应。

有人把这句话译成"你能进公堂，不能进教堂"，也很好，但是我仍然喜欢朱生豪，对中文读者来说，"庙"的阴暗神秘恐怖，教堂没有相同的效果，"门"字使人联想到约束盘查，也是"堂"无法代替的。而且中国有许多因果报应的故事发生在庙里，有些故事的情节很惨烈，教堂则是救赎赦免的场所，没那么大的压力。

"名字算什么？名字算得了什么？我们所谓的玫瑰，换个名字还不是一样芬芳？"也是莎翁的台词，有人译成"玫瑰花不叫玫瑰花，仍然是香的"。后者更接近口语。朱丽叶如此强调她和罗密欧的爱情纯洁正当，我没有异议，但就语言文字的敏感来说，把玫瑰的名字改成"霉鬼"，这花就没那么浪漫艳丽了。耶稣进入中国时，最初的译名是"耶鼠"，耶稣、耶鼠，你能说完全一样？Reagan当选美国总统，亲美的报纸译成里根，反美的报纸译成列根，杂文专栏甚至出现了"劣根"，里根、列根、劣根，你能说完全一样？

车祸，一个男孩死在医院里。这时，一个女孩正等待心脏移植，她很幸运，正值男孩的母亲把儿子的器官捐出来。多年以后，男孩的母亲和那女孩相遇，也就是和她儿子的心脏相遇，母亲俯耳在女孩的胸口听儿子的心跳。语言文字一个一个、一声一声跳出来，作家的感应也能锐敏到这个程度。

104

董桥如此描述中年：天没亮就睡不着的年龄。只会感慨不会感动的年龄。只有哀愁没有愤怒的年龄。中年是吻女人额头不是吻女人嘴唇的年龄，是用浓咖啡服食胃药的年龄。

梁启超如此对比青年和老年：老年人如夕照，少年人如朝阳。老年人如瘠牛，少年人如乳虎。老年人如僧，少年人如侠。老年人如字典，少年人如戏文。老年人如鸦片烟，少年人如白兰地酒。老年人如别行星之陨石，少年人如大洋海之珊瑚岛。老年人如埃及沙漠之金字塔，少年人如西伯利亚之铁路。老年人如秋后之柳，少年人如春前之草。老年人如死海之潴为泽，少年人如长江之初发源。

《诗经》祝福君王：如山，如阜，如冈，如陵，如川之方至，以莫不增，如月之恒，如日之升，如南山之寿，不骞不崩，如松柏之茂，无不尔或承。一连九个比喻，留下一个"九如"的典故。

都说"以数量代质量"，不好，以数量增进质量呢？都说一两黄金胜过一斤棉花，一斤黄金呢？

105

"关门闭户掩柴扉"未必不好，如果拍电影，让观众看见这家的大门关上了，那家的小户关上了，简陋的柴门也关上了，然后来一个全景，大街长巷寂无一人，这样才会有导演需要制造的气氛。

行文有时需要反复，一对佳偶，三心二意，三番两次，半夜三更，都可以看做是使用反复。"龙钟衰朽"，加强了老相。一个和尚独自归，单说"一个和尚"，未必能产生孤独的感觉。呼天不应，呼遍苍天青天皇天也没有反应，后一句是否略胜一筹？

106

权势和财富可以使人万有，但是也会失去两样东西，粗茶淡饭和肺腑之言。

我怀疑一个粗茶淡饭的人又能听到多少肺腑之言？

通常肺腑之言只能藏在肺腑里。也许有一天，"科学"可以使外科医生把肺腑之言解剖出来，那时，多少人的尸体不是装进棺材，而是送上手术台。丈夫死了，妻子要看解剖的结果；亲信死了，领袖要看解剖的结果……

107

棺材有侵略性，那么，手枪也有侵略性。

那么，想想那些名句：山光入酒杯，两山排闼送青来，红得有毒，黑色贴在我的眼睛上，芳草黏天，绿色拥抱我，颜色也有侵略性。

还有什么是和平的？

108

歌星齐秦：令人不能自拔的，除了牙齿，还有爱情。"自拔"双关，因而精彩。

孟子说："象忧亦忧，象喜亦喜。"象，人名。有人利用"象"的歧义制作谜语，以孟子的这两句话为谜面，以镜子为谜底，甚巧。

二十世纪三十年代，陈济棠在广东主政，整军经武，反抗南京政府。起事前，他麾下的空军突然集体叛逃，他失败了。据说陈济棠曾去占卦（也有人说是扶乩），预卜吉凶，得到的指示是"机不可失"，陈大喜，他把"机"解释为机会，没想到这个"机"乃是飞机。现在一般人民大众已不知道陈济棠的雄心霸图，惟有"机不可失"这一语双关的故事一直普遍流传。

有人去理发，理发师是个基督徒，一面工作一面跟他谈天，刮胡子刮到脖子的时候，理发师问了一句："你想不想上天堂？"

109

蛇，它能代表蛇的几分之一？它只是唤起你我对蛇的认识，对蛇的经验，更何况，虎头蛇尾，打草惊蛇，它就不是蛇了。龙蛇混杂，蛇蝎美人，离蛇越来越远。

作家总是把许多字弄得不是原来的意思了，这就是他们的贡献。

110

汉字"六书"，不仅象形字有丰富的形象，会意、指事也有，不仅在篆书中显示，楷书也能显示。

例如"嚴"这个字，两眼瞪得这么大，拉着威武的架式，一副凛然不可侵犯的样子，"懼"，还是两只眼，因为惊慌失措，外界的事物在眼球上投入比较多的光影，尤其是篆书传神，我第一次看到的时候还真吓了一跳。再看"從"，这么多人在一起行走，其中有个带头的大哥。"笑"的线条使人想起笑容，"哭"字最后那一点自然是眼泪。"大"，开张的架式；"小"，单薄拘谨的样子。

有空的时候看看碑帖，发现有许多字的笔画和字典不一样，"插"，书法家索性把右边"臿"中间那一竖拉长，穿透包围，直追插手、插秧等等动作。"春"，书法家把它的上半部变形为三个"十"字，排列成宝塔式，好像花草发芽。

人在海外，都希望孩子学习中文，父母费尽苦心，有些孩子总是不肯学，学不好。据我观察体会，在外国成长的孩子，能不能突破外文的包围，对中文发生兴趣，要看他能不能凭童话式的想象，超过有限的象形字，发现汉字更多的形象性，神游其中。如果不能，汉字对他只是一堆杂乱无章的线条，死背硬记，索然无味。

111

梭罗写他在瓦尔登湖泛舟钓鱼，船四围有无数游鱼，鱼尾在湖面月光下成波纹。他写出鱼上钩时钓线震动那种锐敏的感觉。他说钓上来的鱼像新月，使他幻想钓线抛向空中从天上钓下来。

咱们古代的诗人形容"鱼跃练江抛玉尺"，还是"新月"的比喻好，鱼体弯曲，不像玉尺那样死板。

每一个行业都有郁闷,"灵感"跑来给他们开个小孔透气,于是新闻界流传这样的小笑话:

总编辑屡次责备一个年轻的新进记者,怪他写来的新闻不够准确。有一天这位年轻的记者如此报导:大明星某某登台亮相,全场一千零一只眼睛都盯住她。总编辑问眼睛怎么会是单数,记者说:"我仔细数过了,其中有一个人是独眼龙!"

报纸的新闻标题很重要,读者要先受标题吸引,才会去读那条新闻,一位编辑也因此备受总编辑的压力。这天有一个女子卧轨自杀,这位编辑把心一横下了个标题:悍妇泼辣成性,图谋掀翻火车未遂!

某天,某报有一条新闻:"本市市议员,一半是贪污的"。议员大哗,向报馆兴师问罪。总编辑说,好,我来更正。第二天报上再登一条新闻:"本市市议员,一半不贪污"。

灵感五讲

可大可久谈原型

如果你要写一个故事，在你写作之前，已经有人写出许多许多故事，那些故事可以分成各种类型，每一类故事都有人写得最早，或者写得最好，这最早或最好的一个叫做原型，你我可以参照那个故事来设计自己要写的作品，这叫使用原型。

举例来说，《旧约》第一卷《创世记》，上帝把亚当和夏娃小两口儿安排在乐园里，立下诫命，他们不可以吃某一棵树上的果子，小两口儿犯了戒，被上帝逐出乐园，到地上受苦。教会中人认为这是最早的罪与罚，文学中人认为它是父子冲突的原型。子女成长有所谓反抗期，"儿大不由爷，女大不由娘"，他忽然不听话了，儿子的"叛逆性"比女儿明显，以致俗语说"无仇恨不成父子"。学者探讨共同的人性，文学作家表现千差万别的具体样相，作家像上帝创世那样在这个原型之内造不同的人物，不同的环境，不同的禁果，他在父子两代之间经营不同的冲突，其中有不同的寓意。

耶稣讲过一个"浪子回头"的故事，文学中人认为他使用了"失乐园"的原型。他说，在一个富足的、快乐的大家庭里面，小儿子长大了，要求分家产，搞独立，走出父亲的阴影。他在外面荡尽钱财，沦落到与猪同食。他后悔了，又回到大家庭里来祈求父亲原谅，父亲很宽大，恢复了这个儿子在家庭中原有的地位。依《旧约》原来的记载，亚当接到驱逐令的时候并未求饶，他到地上耕种狩猎，"汗流满面才得糊口"，活了九百三十岁，也从来没有表示后悔。耶稣布道向世人提供救赎，救赎的前提是悔改，所以耶稣增添了情节，这种技巧我们称为"延长法"。他使用原型，加以延长，仍是独立的作品。

英国文豪弥尔顿另有会心。上帝告诉亚当和夏娃，"惟有这棵树上的果子你不可以吃"，魔鬼来引诱夏娃去吃，夏娃又引诱亚当去吃，妻子的影响力大过父亲，夫妻同心的程度大过父子，这已经把一对"照着神的形象"创造出来的男女人性化了。上帝发觉他们的行为，发怒谴责，在弥尔顿笔下，亚当非但没有认罪，反而支持他的妻子，几乎以主动的姿态放弃安逸的生活，他要和妻子共同承担后果，这就很有些近代西方的思想了，这种写法，我们称之为"吹"，使原来的素材膨胀，发酵，像吹气球一样。为了增加"戏肉"，也为了神学上的完整，弥尔顿增添了《创世记》没有的场景，他使亚当夏娃在走出乐园的时候看见异象，看见未来人类的堕落、末日的惩罚，也看见耶稣给世人提供的救赎。可以说，弥尔顿吸收了"浪子回头"的创意，或者说提取了整部《圣经》的大要，这种技巧我们称之为"揉"，像揉合面团一样，使分离的部分混合为一体。弥尔顿虽然使用原型，他的《失乐园》仍是独立的作品。

中国也有"失乐园"吗，找找看，牛郎织女行不行？织女在天庭负责织锦，天帝也觉得"那人独居不好"，把她嫁给牛郎。她结婚之后就懒得织布了，天帝震怒，又命令她和牛郎分居，全心全力做一个织工，每年只准有一天夫妻相会。这个说法比较早，后来又有一种说法，牛郎织女本是玉帝身旁的金童玉女，天界禁止凡心，可是这两个小青年互相爱慕，犯了天条，被玉帝逐出天庭，这个说法就可以和《创世记》的"失乐园"相提并论了。弥尔顿写《失乐园》，揉进基督的救赎，那是西洋文学的特色，中国民间演义牛郎织女的故事，揉进佛教的轮回，显出中国文学的特色。牛郎织女降世为人，前后七世结为夫妇，其中最有名的一世就是孟姜女。他们一世又一世做夫妻也都像孟姜女一样，新婚之夜就被残酷的命运拆开，身心受尽折磨，故事作者用了"吹"的技巧，对人世情欲作出否定。七世夫妻故事同出一型，好比是一母七胎，每一世夫妻都是一个独立的故事，每个故事各有自己的细节，作家通过这些细节来发挥创造力。直到第七世，故事作者受了中庸之道的制约，这两口儿才有安定的生活，最后这一集也写得最差。

说到父子冲突，我们不会忘记中国有个神话人物，叫做哪吒。这个孩子太任性了，不听父亲的叮嘱，与人斗殴，打死了海龙王的儿子，这是他吃了禁果。海龙王兴师问罪，哪吒全家战祸临门，父亲责备他，他毅然自动放逐，脱离家庭。依中国孝道，人的骨血来自父亲，肌肉来自母亲，因此亲子关系不能解除，人子欠父母的这笔债也无法清偿。哪吒居然想出一个办法，他把自己的肌肉从骨头上剔下来，把骨头还给父亲，肌肉还给母亲，自己只剩下魂魄。哪吒的这一段经历何等震撼人心！如此极端，如此激烈，简直不像中国故事，中国作家多半拿不起这样的题材，以致哪吒这个品种在中国的文学土壤上未能好好地培育繁殖，电视电影只是把他塑造成一个顽皮可爱的童话人物。最后，他也找到了他的救赎，道教的太乙真人，或者佛祖，用莲叶藕骨给他造了一个肉体。

《旧约》里面有一个人名叫乔布，他是上帝最虔诚的信徒，上帝也恩待他，让他有很多儿女，很多婢仆，很多牛羊，在社会上受人尊敬。魔鬼认为乔布为了自己的幸福才对上帝忠心，这样的信仰经不起考验。于是上帝和魔鬼打赌，授权魔鬼打击乔布，魔鬼弄得乔布家破人亡，穷得像个乞丐，而且生了难以治疗的皮肤病，用瓦片搔痒。但是乔布始终没有背叛上帝，上帝赢了。最后，上帝恢复了乔布的一切幸福和地位，而且比以前增加了几倍。

有学问的人说，到了中世纪，上帝和魔鬼打赌的故事出现多种版本，我们没有能力查考。我只知道十八世纪，德国文豪歌德写了一部诗剧，上帝和魔鬼为了一个叫浮士德的人设下赌局，成为世界名著。浮士德这个人九全九美，只有一个弱点，他总觉得青春有限，精力有限，他的成就也有限，于是魔鬼乘虚而入。在《乔布记》里面，魔鬼夺去乔布的一切所有，使他痛苦，迫使他背叛上帝。在《浮士德》里面，魔鬼给浮士德青春、爱情、学术成就、社会地位，使他幸福，引诱他背叛上帝。结局都是魔鬼失败，浮士德追逐世俗的幸福，但是世俗的幸福带来心灵的空虚，他最后还是请求天使帮助他脱离了魔鬼。

所谓使用原型，大概就是《浮士德》和《乔布记》之间的关系，二者骨架相似，除了骨架以外，乔布是贫贱不移，浮士德是富贵不淫，人物不同，情节不同，叙述、描写不同，作品的精神也不同。乔布神性高于人性，这是原始基督教的追求；浮士德人性多于神性，反映了歌德时代的人文思想。使用原型也可以变更局部的设计，例如你让魔鬼胜利，上帝失败，表示忠诚需要培养，不可任意消耗，这就是现代人的观念了。

读中国文学作品，我特别喜欢"杜子春"的故事，这位杜先生立志修道，忍人之所不能忍，坚持初衷，我读它如读《乔布记》。我也喜欢《枕中记》，也就是黄粱一梦，那位卢先生热衷功名富贵，他在梦中百事如意，想得到的一切都得到了，醒来才觉悟一切是空，我读它如读《浮士德》。

"替死"也是一个原型，耶稣被钉在十字架上，替众人赎罪，他死了，众人的灵魂得以不死。《圣经》里面替死的故事很多，耶稣受死以前，他还是个婴儿，躺在马槽里的时候，埃及国王听到预言，未来的"王"今夜在这个城里出生。国王立刻下令把这一夜出生的孩子全数扑杀，他以为已经除去后患，却不知圣母及时抱着耶稣逃出城外，到安全的地方去了，依基督教义，耶稣长大，布道，舍命，做王，不过这个"王"没有政治上的意义。

我看过好莱坞出品的一部影片，科学家研究人类的未来，发觉黑猩猩即将统治世界，有一个马戏团正在美国的某一个城市里表演，马戏团里的黑猩猩刚刚产下一子，这个小猩猩长大以后就是人类的统治者。有一个科学家说不行，他不容许这样的事情发生，他要去杀死这只小猩猩。他找到了目标，也开了枪。猩猩母亲腿部受伤，仍然可以抱着猩猩婴儿逃走，那科学家提着手枪紧追，一路上发生许多情节，猩猩母子几度绝处逢生。最后一场大戏在码头上发生，有一个马戏团（另外一家马戏团）正要乘船离开这个国家，猩猩母子逃进去，藏起来，科学家也追进去，看见猩猩母子，连开几枪，这次他得手了，放心了，他没想到这家马戏团也有猩猩，猩猩母亲也产下一个猩猩婴儿，这猩猩不是那猩猩，这猩猩替那猩猩死了，马戏团带着那猩猩漂洋过海去了。你看，电影情节是不是很像圣经故事？

当然，后出者不能只会捧心效西子，还要自成国色。猩猩母子蒙难记里面有美国种族主义者的恐惧：黑人有一天会统治白人，这种恐惧深藏在潜意识里，电影编导轻轻地去撩拨一下，用流行的文艺腔调来说，"挑动了那根弦"，好像替他们发言。电影把行凶的科学家"兽化"了，凶狠残忍，面目狰狞，好像神经也不太正常，电影也把猩猩母子人化了，彼亦人子也，彼亦人母也，观众都动了恻隐之心。电影开头，许多科学家开会的时候，也有人反对去杀死猩猩婴儿，理由呢，"没有谁有权力去改变历史的轨道"！如此这般，它也批判了种族主义。可是这一切都是我说的，电影没有说；这一切都是观众自己发现的，电影没有直接灌输。电影以它自己的方式，把一个最大的禁忌摊开，只引起社会的思考，没引起大众的谴责，这就应了那句名言：艺术的奥秘在于隐藏。

有学问的人常把《圣经》"替死"的故事跟中国的"赵氏孤儿"比较。春秋时期，晋国的奸臣屠岸贾杀死赵氏全家，剩下一个初生的婴儿漏网，赵氏的门客用自己的孩子冒充孤儿，让屠岸贾杀死，屠岸贾就放松戒备，停止搜捕，真正的孤儿由赵氏的门客秘密抚养。后来赵氏孤儿长大，平反冤狱，给父母报仇。原始记录很简单，后来编成戏曲，写成小说，就得使用"吹"的技巧把许多情节扩大。赵氏门客找了个孩子来替死，这孩子从哪里来的？有人说是从别人家里偷来的，有人说是门客程婴自己的孩子，作家却选择程婴舍子，舍子的张力比较大。舍子岂是容易决定的事情，程婴即使自己义薄云天，他又如何说服妻子？说服妻子又谈何容易？妻子必须很难说服，这才有"戏"，程婴必须说服妻子，说服妻子就是说服读者观众。

舍子成功，赵氏孤儿由门客程婴秘密养育，程婴如何把孤儿抚养成人？又如何把孤儿抚养成材？戏剧和小说的作家必须"揉"进许多素材。小说有小说的办法，戏剧有戏剧的办法，在戏曲里面，赵氏孤儿成了奸臣屠岸贾的义子，屠岸贾正是赵家灭门的仇人，这是"形式决定内容"，戏剧必须把所有的人物缠在一起，尤其是重要人物，必须不断出场，不断地互动，让观众时时看得见，一步一步熟悉他，了解他，进入他的世界，孤儿不能一直藏在后台，最后忽然跑出一个复仇的王子来，观众不接受他。义子并不知道他跟义父有不共戴天之仇，义父义子也有感情，终有一天，义子忽然发觉天降大任，必须跟养育他的义父来一个你死我活，这戏多么难编？多么难演？使用原型也得有一等一的本事，不是照着葫芦画瓢。

这两个故事只是同"型"，在中国，替死出于忠义，受人崇敬；在基督教，替死的意义升高扩大为悲天悯人，受人崇拜。当年楚汉相争，项羽把刘邦围困在荥阳，刘邦军中有一位将军名叫纪信，相貌跟刘邦相似，陈平定计，由纪信假扮汉王出城投降，刘邦趁机会脱围逃走。结果当然是项羽杀了纪信，而且用火刑，不过项羽也曾劝纪信投降，纪信拒绝，可见替死之心坚决。刘邦对这样一位将军好像并未放在心上，成功以后对纪信没有什么特别的纪念，讨论功人功狗的时候也没提纪信的名字。我总觉得中国人把"替死"工具化了，我不赞成以这种态度使用替死的原型。

有一类故事统称"人妖恋"，蛇、狐狸、老虎修炼成精，化为美女，去和凡人恋爱。起初情节简单，后来不断演变、发育，产生了这一类故事的文学原型。

"白蛇传"就是从这一类故事发展成熟的，从唐代到现代，一代一代传下来，经过无名氏、有名氏不断增添，也就是经过许多次"吹"和"揉"，白蛇的故事就像一条河，源远流长，沿途有许多长长短短的支流注入，成为大江。

白蛇的人身是一个既美丽又多情的女子，名叫白素贞，为了报恩，嫁给书生许仙，她带来的似乎是幸福，不是危害，可是金山寺的法海和尚仍然从许仙的脸上发现妖气。法海为了"救许仙"，把许仙软禁在金山寺内，白素贞为了"救许仙"，使水位高涨，以淹没金山寺威胁法海让步，这就淹死了湖边很多生灵，造下罪业。最后法海制服了白素贞，把她压在西湖的雷峰塔下。

这个故事并没有完全支持"封建社会"的男子特权，剥夺女子的恋爱自由，它几乎是平等对待法海和白素贞，他们的行为都有理由，也都有过失。不错，这两个角色都是依照"封建社会"的规范塑造，这个故事表现了"封建社会"的"冷酷"，可是"封建社会"也有它温柔的调剂。法海本想弄死白蛇，白蛇有孕在身，法海预知这个孩子将来要中状元，他不能杀死未来的状元，也不能杀死状元的母亲。他只能给白素贞一个徒刑，并且指着雷峰塔旁边的一棵铁树说，白素贞的刑期等到铁树开花的时候结束，铁树号称五百年开花一次，希望渺茫，仍然不失为一项承诺。后来白素贞的儿子果然中了状元，民间相传，皇上照例要带着状元游览皇宫，拜见皇后，皇后照例在状元头上插一朵金花。这位新科状元到西湖"祭塔"，把皇后赏赐的簪花插在铁树上，算是到了法海的承诺兑现的时候，白素贞立即恢复了自由。崇拜科举功名，母以子贵，皇恩浩荡，多么封建！可是对那个社会的人民大众来说，又是多么温情！所以这个故事那么受欢迎，占尽风光。

近在眼前，当代小说家李乔和李碧华都有他们自己的白蛇传。他们仍然使用白蛇、青蛇、许仙、法海这些名字，其实是一个全新的班底，这种创作方法一般称为改编，可是在李乔和李碧华的作品里，人物性格不同，故事情节不同，时空背景不同，对人生的观察和批判不同，远超过改编的程度。他们毁坏了也再造了原来的白蛇传，就像火凤凰毁坏了自己，出现一个新的生命。

李碧华别出心裁，从青蛇的角度处理这个题材，青蛇从一个柔顺的助手，一变而有鲜明的个性，处处采取主动。她嫉妒白蛇，勾引许仙，一度成为小三。她也勾引法海，也和白蛇有同性恋的倾向。小青突然变大，变成一条长长的魔绳，把四个人紧紧缠在一起，通常这是戏剧才有的结构，也许因为这个缘故，名导演徐克把它拍成电影。最后，白蛇的儿子并没有中状元，而是在"文革"时期当了红卫兵，压在塔底的白素贞并非刑满释放，也不是如田汉所写由小青率领各洞神仙劫狱营救，而是红卫兵小将们破除"四旧"拆毁雷峰塔，这个奇幻的结尾给白蛇的故事染上了现实的色彩。

李乔也有他的深刻和精彩。他安排白素贞修成菩萨，雷峰塔也是藏经塔，白素贞有了难得的机缘在里面潜心"阅藏"。既然要成菩萨，当然不宜产子，所以胎儿在母腹中自然消失，凭着神通，已经发生的事情可以没有发生。既然成了菩萨，雷峰塔就是神龛，不再有释放的问题。法海和白素贞的冲突就是理智和情感的冲突，结果"情"的化身完全胜利，修成正果，"菩萨"本来就是有情。"理"的化身完全失败，他得负起冷酷固执荼毒生灵的责任，变成一块大石头。李乔给这个故事浓厚的宗教色彩，许多情节都来自他对佛教的了解和共鸣，也来自他对性情的发扬和支持，他巧妙地调和了二者的分歧。

佛教擅长使用小故事宣扬教义，很多很多小故事集中在佛陀名下，成为经典的一部分。说故事也是文学作家的本门功夫，在作家眼中，佛门经典也是文学作品，也是后世文学创作的原型。佛教否定男女情欲，佛陀常常演讲正面表述，也常常说故事侧面表述。他说山边、水旁、树下，来了一个术士，术士吐出一只壶，壶中出来一个女子，两人共宿。术士熟睡了，女子也吐出一只壶，壶中出来一个男子，和她共宿。约摸到了术士要醒的时候，女子教男子回到壶中，再把壶吞到肚子里。术士醒来，教女子回到壶中，他也把壶吞回肚子里。这个故事写人物口中吐出饮食男女，当下作乐，构想奇特。它表示"每一个男人心中都有另外一个女人，每一个女人心中都有另外一个男人"，揭露普遍的人性。"心中"的男女别人不知道，除非他说出来或做出来，现在别出心裁让他"吐出来"，这就是艺术手法。"吐出来"不可能，但读者忘记了计较判断，只觉得新鲜有趣，加上三分心有戚戚，这就是艺术的感染力。理所当然，这个故事成为后世许多故事的原型。

后出的作品中，有人把主角"术士"改成外国道士，山边树下换成狭小的笼子，笼子里的空间比道士的体积还小，但是道士能钻进去容身。他在笼子里吐出杯盘酒菜妇人，一同快快乐乐地吃喝。酒足饭饱，沉沉入睡，那妇人也从口中吐出一个男子，跟他继续享乐。那道士好像快要醒了，妇人连忙把情夫吞回去。道士醒来，也把妇人和杯盘吞回去。道士带着笼子行走江湖，到处表演，他不但能使用笼子，也能用其他容器，随地取材。他来到一个吝啬的财主家中，运用法术，先把那财主心爱的马弄进瓮中，后把财主的父母装进壶中，强迫他散财行善。

这个故事模仿第一个故事，继承了精华，也增添了情节，可惜精华部分（也就是口中吐出这个那个）跟第一个故事连文字也没有多大差别，用今天的眼光看，接近抄袭。第二个故事的作者知道他的故事要含有不同的意义，加入了劫富济贫，可是"意义"并非出于精华部分，而是后续一段自己的构造，好像两个故事勉强拼凑起来，上气不接下气。他也是使用"延长法"，可惜效果不好。

还有第三个故事。一个书生能进入鹅笼，跟鹅并排坐在一起，由人背着行走，也没增加重量。途中树下休息，书生口中吐出女子和杯盘酒菜，一同进食，这是第一次组合。书生醉了，女子口中吐出另一个男人，一块儿喝酒，这是第二次组合。等到女子醉了，也睡了，那第二个男子口中再吐出一个女子，第三次组合。到了书生快要醒来的时候，第三次组合的男人连忙把身旁的女伴吞回去，第二次组合的女子又连忙把自己的男伴吞回去。辗转并吞以后，只剩下第一次组合，那书生和他从口中吐出的女子，好像除此以外什么事情也没发生。书生醒后，慢慢地把第一个女子和餐具吞回去，继续上路。

第三个故事也是以第一个故事为原型，他也取用了最精彩的情节，人从口中吐出这个那个，又吞回这个那个。他把两次男女组合延长为三次，显示情欲之海有数不尽的痴男怨女浮浮沉沉。第一个故事结尾，作者明白指出女子难以守贞，第三个故事，作者只有叙述，不作评论，把解释权释放给读者，类似近代的短篇小说。

天下事无独有偶，这里那里都有同型的事件，作家使用原型也可以算是取法人生。台湾有关部门曾经公开征求剧本，揭晓后，有人检举得奖的作品抄袭了他的剧本，两部戏的故事都是在狂风暴雨之夜，一个女子独自出门，被一个陌生的男人强暴，女子因此怀孕，生下一个孩子。孩子渐渐长大，做母亲的在报纸上刊登广告说明事实经过，给孩子找父亲，不料有六个男人前来报到，这六个人都干过同样的坏事。有关部门要求得奖人说明，得奖人拿出一张某年某月某日的报纸来，上面登着一条如此这般的新闻。他向新闻取材，并不是向别人的作品取材。人生中同型的事件层出不穷，一个人写了，其他的人可以再写。不过，所"同"者应该只是"型"，后出者要有自己的情节，自己的表述方式，自己的创意。

今天的作家使用原型，多半是向古代的经典或民间的流传取材，躲开著作权法的禁制。近人的作品受法律保护，除非经过原作者允许，他人不能以任何方式使用，虽然也有人"饥寒起盗心"，那种行为应该另外讨论。文学创作鼓励你继承遗产，站在巨人的肩膀上，法律又保障作家的智慧财产，不许侵犯，都是为了促进文学的发展，一收一放，犹如汽车的刹车和油门，但是分寸微妙，说来话长。

亦师亦友谈模仿

南朝刘宋的皇帝自命为大书法家，当时在他朝中为官的王僧虔是王羲之的后人，那是当代公认的大书法家。有一天皇帝忽然问王僧虔：你的书法第一，还是我的书法第一？皇帝怎么提出这个问题来，莫非他觉得王僧虔是他的压力、是他的障碍？这一问，问得微妙，问得凶险，今天的人也许不能体会。在今天，一个国家可以有许多权威，政治上、艺术上、道德上、宗教上各有各的第一，可是在帝王专制的时代，一国之内只能有一个权威，政治上、艺术上、道德上、宗教上的权威都是他——皇帝，如果皇帝认为他在书法上的权威受到王僧虔的挑战，王僧虔也许就要大祸临头了！

这个问题很难回答，王僧虔既不能说实话，也不能说谎话。说实话，王僧虔第一，那是无礼；说谎话，皇帝第一，按照儒家的道德标准，那是无耻。而且天威难测，皇帝怎么忽然跟我计较这个？依今天的说法，这是挑战，王僧虔怎样回应，关系重大。王僧虔很高明，他说我的字在人臣中第一，陛下的字在君王中第一。他来了个分组比赛，我不跟你在同一个标准下竞争，结果产生了两个冠军。这个答案漂亮，同时维持了君王的尊严和自己的品格。皇帝怎么会接受这个答案呢？好歹皇帝也是个书法家，他知道书法家各有自己的风格，帝王的气象、格局，臣子万万难以比拟，在这方面，帝王只能和帝王比，不能和臣子比，分组比赛的办法正是表示对皇帝的尊敬，也对皇帝的书法作出高度的肯定。

天下事无独有偶，到了清朝，乾隆皇帝问一位高僧：皇帝大还是佛大？这个问题也很凶险，莫非皇帝感觉佛教对皇权有威胁？依佛教教义，佛高出众生，高僧倘若实话实说，可能引起教难。依世俗尊卑，大清皇帝统治一切，诸佛不过是入境的宗教移民，高僧倘若迁就现实，降低了佛门的高度，丧失了传播的优势。这位高僧怎样回答？他也来了个分组比赛，他说：在众民之中皇帝最大，在三宝之中佛最大。乾隆皇帝也接受了这个答案。佛教的教义有"世间法"和"出世法"之分，佛陀的统治权跟皇权并不在同一个空间，皇权至上并不影响佛法至高。在现实社会中，三宝是社会上的一个组织，每个组织内部都可以有他的最大。例如军队，一连之中，连长最大，一团之中，团长最大，但是全军之中，统帅最大，三个答案并不矛盾。

我们谈模仿，用历史上这两个小故事开头。看起来，好像清朝的高僧模仿了南朝的书法家。人非生而知之者，人人一面生活一面学习，“学”这个字的本义就是“效”，效法。模仿是学习必需的手段，也是到达“创新”之前必经的过程。三百六十行，行行有模仿，咱们这一行，写作，并不例外。同行有人不屑于谈模仿，恨人家说他模仿，束手缚脚，藏头露尾，不能发现别人的优点，自己也施展不开。

在这里谈模仿，我先找一些大作家来壮胆。王勃的“落霞与孤鹜齐飞，秋水共长天一色”，写得非常好，好到什么程度？好到产生了神话。在王勃之前，大作家庾信写过“落花与芝盖齐飞，杨柳共春旗一色”，王勃当然读过。李太白先写“相看两不厌，只有敬亭山”，辛稼轩后写“我见青山多妩媚，料青山见我应如是”，郑板桥再写“我梦扬州，便知扬州忆我”，都很好。陶渊明先写“不喜亦不惧”，白乐天后写“无恋亦无厌”，苏东坡再写“与人无爱亦无憎”，也都很好。崔颢在黄鹤楼上题诗：“昔人已乘黄鹤去，此地空余黄鹤楼。黄鹤一去不复返，白云千载空悠悠。”太白见了，为之搁笔，可是后来他仍然提起笔来：“凤凰台上凤凰游，凤去楼空江自流。”诗中有崔颢的手印，怕什么！仍然是一等一的好诗。

言情小说《花月痕》里有一首诗，后面两句是"浊酒且谋今夕醉，明朝门外即天涯"。我写过一句"出门一步，就是天涯"。有人写过"出门一步，即是江湖"。有人写过"出门一步，就是异乡"。有人写过"今天是家中的骄子，明天是天涯的浪子"。我想我们都和《花月痕》脱不了关系。

　　新文学许多名句背后仿佛有本尊。看周梦蝶："去年的落叶，今年燕子口中的香泥"，想想周邦彦："新笋已成堂下竹，落花都上燕巢泥"。看钟梅音："若我不能遗忘，这纤小躯体，又怎载得起如许沉重忧伤？"想想李清照："只恐双溪舴艋舟，载不动，许多愁。"看朱自清："桃花谢了，还有再开的时候，小鸟去了，还有再来的时候，可是聪明的你，告诉我，时间的小鸟为什么一去不回呢？"想想晏殊："夕阳西下几时回？无可奈何花落去，似曾相识燕归来。"

　　于是，"我在离金字塔三四百米的地方弯下腰，抓起一把沙子，默默地松手，让它撒落在稍远处，我低声说：我正在改变撒哈拉沙漠。"接着就有"向大海中撒一把盐，说我制造了海"。于是，"你不能两次插足在同一河水中"，接着就有"你可以回到起点，但已不是昨天"。于是，换汤不换药，换瓶不换酒，换衣服不换人，换作料不换菜。这样的句子陆续产生。抗战后期，国军的口号"一寸山河一寸血"，胜利后知道，老早就有一寸山河一寸灰，一寸山河一寸金。

　　胡适之曾有豪言壮语："不让孔丘朱熹牵着鼻子走"，有人认为脱胎石头和尚的"不向如来行处行",如来走过的路他不走。他是唐代著名的禅师,虽然我们知道禅宗解脱有快捷方式,读到他这句话还是有些惊讶。有人替他解释,他所谓"如来"是泛指当时各宗派当家掌门的"大师"。作家中间有人强调创新,反对效法古人,提出"不踩着福楼拜、托尔斯泰的脚印走",像是胡适的和声,有人干脆说"不向李杜行处行",那就是石头和尚的回声了。心中的意见是反对模仿古人,口头表述的时候不能脱离古人,也可见"模仿之必要"了。

五四运动兴起的白话新文学,以除旧布新成军,实际上也不能免于模仿。

鲁迅《我的失恋》:

我的所爱在山腰;想去寻她山太高,低头无法泪沾袍。

爱人赠我百蝶巾;回她什么:猫头鹰。

从此翻脸不理我,不知何故兮使我心惊。

我的所爱在闹市;想去寻她人拥挤,仰头无法泪沾耳。

爱人赠我双燕图;回她什么:冰糖壶卢。

从此翻脸不理我,不知何故兮使我胡涂。

我的所爱在河滨；想去寻她河水深，歪头无法泪沾襟。

爱人赠我金表索；回她什么：发汗药。

从此翻脸不理我，不知何故兮使我神经衰弱。

我的所爱在豪家；想去寻她兮没有汽车，摇头无法泪如麻。

爱人赠我玫瑰花；回她什么：赤练蛇。

从此翻脸不理我，不知何故兮——由她去罢。

鲁迅这首诗可以说妇孺皆知，当年编国文教科书，必须有鲁迅作学子师表，大师的小说太长，杂文不适合青少年学习，选来选去，都是选这首诗和散文《秋夜》，于是"我家有两棵树"和"由她去罢"等新潮文句深入不见天日的深宅大院和不蔽风雨的茅屋陋室。这首诗整体模仿汉代张衡的《四愁诗》：

我所思兮在太山，欲往从之梁父艰，侧身东望涕沾翰。

美人赠我金错刀，何以报之英琼瑶。

路远莫致倚逍遥，何为怀忧心烦劳？

我所思兮在桂林，欲往从之湘水深。侧身南望涕沾襟。

美人赠我琴琅玕，何以报之双玉盘。

路远莫致倚惆怅，何为怀忧心烦快？

我所思兮在汉阳，欲往从之陇阪长，侧身西望涕沾裳。

美人赠我貂襜褕，何以报之明月珠。

路远莫致倚踟蹰，何为怀忧心烦纡？

我所思兮在雁门，欲往从之雪雰雰。侧身北望涕沾巾。

美人赠我锦绣缎，何以报之青玉案。

路远莫致倚增叹，何为怀忧心烦惋？

诗分四段，各段以同样的句式回环往复，每段注入不同的内容，这个形式我们应该学习，可惜那时国文教师不能从这个角度发挥。若论这首诗的内容，那时还是《少年维特之烦恼》塑造青少年的恋爱哲学，大师这种"打油"的态度，尚有轻佻儇薄之嫌，教师既不能认可，也不敢否决。当年大师写好了这首诗，寄给北京的《晨报》副刊，《晨报》副总编辑代理总编辑不准刊登，副刊老编孙伏园大怒，打了副总编辑一个耳光，立即辞职。这位副总编辑由于偶然的机缘，在文学史上留下了名字。

据说鲁迅写这首诗讽刺徐志摩，所以称为"戏作"。后来世风演变，年轻人不愿再为爱情吃苦，离合去留之间没那么严肃，大师一句"由她去罢"或者有教化之功。

鲁迅有一篇散文，题目是《风筝》，并非"戏作"，倒也模仿了日本作家志贺直哉的《清兵卫与葫芦》（我读的是吴昭新的中译）。两篇作品的内容情节对照如下：

清兵卫（是个孩子）爱葫芦，小弟（也是孩子）爱风筝。

清兵卫每天沿街看商店里的葫芦，小弟时时看天上的风筝。

清兵卫买许多葫芦，保养葫芦，小弟秘密制作各种风筝。

老师认为清兵卫没出息，"我"认为小弟没出息。

父亲打碎葫芦，"我"撕毁风筝。

志贺直哉暗示老师和父亲错了，鲁迅明白表示"我"后悔了。

从前的父母师长用一个刻板的模式塑造孩子，埋没天赋，戕害心灵，鲁迅一直有严厉的批评。可以想象，他某一天读了志贺直哉的《清兵卫与葫芦》，又兴起"救救孩子"的热情，马上写成这篇《风筝》，表示响应。他一点也没避讳整篇模仿。

　　痖弦有一首诗，以"温柔之必要"为基本句型，一连用了十九个"必要"，反映了社会变化产生的无奈，一切的必要带来的是不必要。一个句型通篇到底，前无古人。痖弦在一九六四年写成的这首诗，触动了台湾的潜意识，这样一首诗，使爱诗的人津津乐道、朗朗上口。呆板的句型、琐碎而没有逻辑关连的涵义，仍然有轻快流利的节奏，而且酿造喜趣。这首诗有多人仿作，名诗人陈育虹也有一篇。

　　陈育虹以"活着之必要"开篇，以下有三十四句"必要"，又以"活着之必要"结束。意象切断、节奏跳跃，不在话下。也许因为他的"必要"比痖弦多，常把好几个"必要"组成一段，"自由之必要无所事事之必要散步之必要发呆白日梦之必要"是一段，我们看得这几个"必要"相互之间有关连，"巴哈之必要一点点任性之必要无可无不可之必要写诗之必要玻璃天窗之必要"另成一段，这一段里面的几个"必要"似乎相互之间没有关连，找书不易，以我在网络上搜寻所见，这些句子都不加标点，这就使全首诗蒙上梦幻般的色彩。

　　两个天才不会彼此完全相同，陈育虹和痖弦时代背景不同，成长的经历不同，他们的诗更没有理由相同，陈育虹模仿痖弦，大概是喜欢"如歌的行板"所创的形式，偶一为之。他们都用一个一个"必要"拼图，拼出来的是两个不同的图画。

痖弦以"必要"成诗，陈育虹继之，北岛以"一切"成诗，舒婷继之。北岛说"一切都是命运／一切都是烟云／一切都是没有结局的开始／"等等。舒婷说"不是一切大树都被暴风折断／不是一切种子都找不到生根的土壤／"等等。朋友们如果认真研求，可以上网或者买书读他们的原作。我们为什么要读书？原因之一，书里有那么多成品可以供我们取法，可以斟酌损益，触类旁通。读书，我们才知道有人写到黑森林去猎一只黑鸟，有人写到黑屋子里去捉一只黑猫，有人写到黑海里去捕一条黑鱼。当年前贤有人强调作家的要务是去生活，不是读书，他大概是安慰没机会读书的人，那年代遍地都是失学的青年。

古人吟诗作文也常常整篇模仿。苏东坡的琴诗："若言琴上有琴声，放在匣中何不鸣？若言声在指头上，何不于君指上听？"这位大诗人提出来的问题怎么这样奇怪，琴声当然在琴上，不在指上，指上纵有声音，也是掌声，弹指声，不是琴声。手指的作用不是自己发声，而是拨动琴弦使它振动发声。后来知道苏东坡以佛经经文为蓝本写成这首诗，其中有佛理，我们就得重新说起了。

《文殊师利问经》记述佛告文殊师利：我们鼓掌的时候，声音是从左手发出来，还是从右手发出来？如果是某一只手发声，为什么一个巴掌不响？佛接着提出答案，两个巴掌才拍得响，因缘合在一起才有成就。苏东坡的诗只提问题，没有答案，一方面表示诗要含蓄，留着一半让读者去想，一方面也表示这个问题还可以有另外的答案。

我们由"左手发声还是右手发声"，可以联想佛经的另一个故事：风动还是幡动。回顾一下：琴鸣还是手指鸣，左掌有声还是右掌有声，风动还是幡动，它们像孪生的三姊妹一同走来。我们一向认为"风动还是幡动"不是问题，佛教禅宗就是要打破你我的约定俗成，你我的理所当然。慧能大师说，不是幡动，不是风动，是心动。（倘若没有心，那就没有风也没有幡。）有人进一步说，风动还是幡动，要看你关心的是幡还是风，以幡为主体，幡动，风是幡的推力，以风为主体，风动，幡是风的征候。《三国演义》记赤壁之战，欲破曹兵，须用火攻，万事俱备，只欠东风。发动总攻击的那天夜晚，大家紧张地望着战船上的旗帜，看它什么时候动，往哪个方向动，他们不是等幡动，他们等风动。

郑板桥有一段名言，提倡难得糊涂，他传世的墨宝有这么一件："聪明难，糊涂难，由聪明而转入糊涂更难。放一着，退一步，当下心安，非图后来福报也。"他是见到一位隐士，隐士的砚台上刻了一段铭文："得美石难，得顽石尤难，由美石转入顽石更难。美于中，顽于外，藏野人之庐，不入富贵门也。"他喜欢那一段话，就用模仿表示对那位隐士敬礼。

谈来谈去都是模仿，那么创新怎么办呢？我们都不会忘记创新，作家艺术家的天职是创新，但是创新没法教，也不能学，老师只能教世上已经有的东西，你学书法，他可以教你秦篆汉隶，教你王羲之柳公权，你只能学世上已经有的字，不能学世上还没有的字。既然世上有个王羲之，你写王羲之就不是创新了，就是二手货了。创新是无中生有，教学是有中生有，有中生有是模仿，广义的模仿。也许是这个缘故，先贤有人说写诗写小说都没有方法，不能训练。也许是这个缘故，有些作家艺术家去坐禅，去学密宗，他把创新当做一种神秘经验，有些音乐家试验用计算机作曲，用自动的机械作画，为的是摆脱古今音乐家和画家的支配。

不过这并不是最后的结论，许多大师级的作家艺术家留下证词，他们都有一个学习的阶段，这个阶段很长，很辛苦，很动人。有一位书法家每天写几千字，把眼睛写坏了；有一位书法家写秃了几百支毛笔，堆成一个小小的"笔冢"；有位画家画了一万张画，全部烧掉再画。画家、书法家，都模仿到可以乱真，可以为老师代笔。作家也一样，他不是逢年过节才写一首诗，他几乎天天写诗，每首诗都反复修改，"一诗千改心始安"。散文作家朝夕揣摩，把自己的内容装进别人的形式里，或者把别人的内容装进自己的形式里，乐而忘倦。他们"也向如来行处行"，也曾"踏着托尔斯泰的脚印走"，这是作家成长的一个阶段。"李侯有佳句，往往似阴铿"，连大天才李白也不例外。

这些人专心模仿，后来怎么能创新？他们并不是只向一个人学习，他们前后向很多人学习，学了一家又一家。王羲之"学书先学卫夫人"，打下基础，然后他学李斯、曹喜、钟繇、梁鹄、蔡邕、张昶。柳公权起初学二王，学王羲之、王献之，然后学欧阳询、虞世南、褚遂良，最后还去学颜真卿。大艺术家也有老师，他不止一位老师，借用杜甫一句诗，这叫"转益多师是汝师"。

杜甫自己说"颇学阴何苦用心"，他学过阴铿、何逊。郑板桥自己说"少年好游冶学秦柳，中年感慨学苏辛，老年淡忘学刘蒋"。他学过秦观、柳永、苏东坡、辛稼轩、刘过、蒋捷。郑板桥也是画家，他学过徐渭，传说他自称"徐青藤门下走狗"。齐白石学篆刻，先后学过丁龙泓、黄小松、赵之谦、吴昌硕，还有天发神谶碑、三公山碑，最后看见"秦权"，刀法再变，秦权是秦朝铸造的一种砝码，上面有文字。袁子才用一首诗说明他自己的一段历程："我道不如掩其朝代名姓只论诗，能合吾意吾取之，优孟果能歌白雪，沧浪童子亦吾师。否则三百篇中嚼蜡者，圣人虽取吾不知。吁嗟呼！昆仑太华山自高，终日孤倨殊寂寥，其下潇湘武夷亦足供游遨。"

转益多师，收集了很多艺术要素和表现技法，这些东西会在你心中化合，仿佛蜜蜂采百花以成蜜。这个内在的化合物经过创作活动，改变了你的作品，你本来写张像张，写李像李，今后你的作品再也不是某张某李的模样，里面却含有某张某李的成分。这时候，你自成一家了，也就是创新了。以后你会成为别人模仿的对象，原创出世正是要供人模仿，作家的全程是始于模仿别人，终于被别人模仿。文化发展的轨迹是少数创造、多数模仿，创新要能够引起模仿才有意义。每一次创新都是文化遗产的总量再加上一，文化遗产就是这样丰厚起来。

王德威教授梳理这一段发展，描述为"似父，弑父，是父"，很新颖也很有趣。作家要先找到一个权威，一个教父，一笔一画学他，亦步亦趋学他，直到你学到跟他十分相似，似父。然后，你得离开他，企图超越他，在艺术上背叛他，弑父！另外去找一个教父，再一笔一画学他，亦步亦趋学他。经过转益多师，你成家了，创新了，你就是权威、就是教父了，是父。然后呢，大概是你每天坐在讲台上，等人家来"弑父"。

成方成圆谈结构

谈灵感怎么会谈到规矩方圆？灵感是莫之为而为、莫之至而至，灵感是行云流水，出乎天然，这话没错。但是灵感不等于作品，由发生灵感到完成作品，还要经过一些努力，作家以写出作品为目的，不以得到灵感为已足，灵感是忽然来了，作品是慢慢营造，我们不妨探讨一下这后面的路怎么走。

说个比喻，灵感是受孕，作品是成人。就算行云流水吧，是夏天"勃然作云"，还是七月七看巧云？是大江东去，还是一水护田将绿绕？每一种景观都有若干条件。就说盖房子吧，据说贝聿铭大师从中国的隶书得到灵感，设计了一栋建筑，他得把心目中一刹那出现的建筑移到纸上，经过精密的计算，画出蓝图，再经过密集的劳动，把纸上的建筑移到地上。文学作品也仿佛如是。

通常作家写出作品要经过三个阶段：构意、构词和构型，"文无定型"？不拘一型也是型，千人千面也是面，作家艺术家都"搜尽奇峰打草稿"。某一位大师说，灵感和作品同时完成，也就是构意、构词和构型三位一体，也许他指大天才，也许指"即兴"的短小之作，至于那"十年辛苦不寻常"呢，那"成似容易却艰辛"呢，显然并不是这样。灵感应该是构意，稍纵即逝，所以收税的人来敲门，诗人就没有第二句了。构词，把灵感固定下来，所以作家随身带着铅笔和小卡片。小卡片上写的只是笔记、速记，还得纳入艺术形式，这就面临我们要说的结构。

结构千变万化，没错，"世上有多少作品就有多少种结构"，这话也不算太夸张。可以补充的是，结构千变万化，还是有一些基本形式可以观察比较，世上有多少作品就有多少种结构，应该加上"创新的"或"成功的"三个字限制一下。先有创新的或成功的作品，后有理论上的结构，这些结构可以重复使用，可以变化使用，从善如流者可以多一些选项，除旧布新的人当然也可以弃置不用，引以为戒。把结构从前贤的作品中抽离出来展示给写作的人看，应该对眼前写作的人些帮助。

我喜欢前贤留下来的三种结构，串珠式、结网式、缠球式。

先说串珠。你左手握着一把珠子，右手捏着一根线，这是材料，你用这根线把珠子穿起来，穿成项链、腕链，或者珠花，就成了作品。什么是"珠"？端午龙舟竞渡，桥上站满了观众，船在桥东，观众都站在桥面的东侧看，等到参赛的船通过桥底，船到了桥西，观众一齐转身扑向桥的西侧，桥立即塌了，一百多人掉进水里。那些不会游泳的，看看就要淹死，事起仓促，岸上的人来不及救援。幸而河边有个茶馆，门里门外摆了不少方桌长凳，老板一声令下，伙计们搬起桌子凳子往河里丢，落水的人抓到手，可以当救生圈使用。这是一颗珠。我在回忆录《关山夺路》写我经历的国共内战，有些地带由双方军队轮流占领，你进我退、你退我进如同走马灯，这个地段的学校和乡镇政府要准备两张照片，一张蒋介石，一张毛泽东，谁的军队来了挂谁的照片。有一个乡长使用同一个镜框，正面的照片是蒋，反面的照片是毛，他随时可以把镜框翻过来，不失时机。这也是一颗珠。

为什么称之为珠？第一，它光洁新鲜；第二，它圆润可爱；第三，它独立自足。古人在他们写的笔记里留下许多这样的珠子。中国文人有写绝命诗的传统，绝命诗和定情诗、除岁诗、下第诗一样是诗的一个大系。孙蕡临刑口占绝句："鼍鼓三声近，西山日又斜。黄泉无客舍，今夜宿谁家？"行刑后，监斩官照例要向皇帝复命，皇帝照例问孙蕡有什么遗言，监斩官回奏留下一首诗。皇帝见了诗十分震怒，问："有此好诗，何不早奏？"竟连监斩官也杀了。你看，"珠"就是这个样子，藏在人海里，作家要有能力去发现、去采集。

传统的小说家都是采珠的高手，在《红楼梦》里面，宝蟾送酒、晴雯撕扇、袭人委身、黛玉葬花，都是"珠"。《红楼梦》《水浒传》所以令人爱读，除了"大处着眼"另有独到，"小处着手"的秘诀即在"串珠"。中国那些成语，守株待兔、望梅止渴、爱屋及乌、东施效颦、狐假虎威、画蛇添足，也都是珠。

清人笔记中有这么一个故事：大户人家娶媳妇，上下忙成一团，到了夜晚，小偷乘乱而入。谁料小偷黑夜中碰倒一根梁木，被梁木砸死了。全家惊慌愁苦，唯恐要为这场人命官司倾家荡产。新媳妇有胆识，认出那死去的小偷是邻家男子，想出解围的办法。她吩咐准备一口木箱，把尸体装进去，命家人把木箱悄悄放在邻家门口，轻轻敲两下门，立刻躲开。死者的妻子闻声开门，以为木箱是丈夫偷回来的赃物，连忙把木箱拖进家中，用心藏好。她等到天亮还不见丈夫的踪影，忍不住打开箱子看看，看见丈夫的尸体，心里明白，口中却不敢声张，只好默默地把丈夫葬了。这件事稍微复杂，经过我们常说的"吹"，也就是扩充放大，可以成为一个短篇小说，如果维持原来的结晶体，也可以当"珠"。

珠是一个一个掌故，一个一个轶闻，一个一个神怪传说，一个一个美丽的错误，串珠是你把它们组织起来，你得有一根线。《西游记》就是用串珠式结构写成的长篇小说，那根线是唐僧取经，小说家用这根线把九九八十一难穿起来，这八十一难并不都是"珠"，据说是迁就佛家的"九九归一"，硬凑成这个数目。也许要打个对折，一半是珠，其中有瓷珠、玻璃珠、塑料珠，再打一个对折，有四分之一，像流沙河、火焰山、盘丝洞、乌鸡国，都是珍珠。

《儒林外史》也是串珠式的小说，当时多少读书人庸俗丑陋，完全背离了圣贤之道。周进参观贡院考场，看见那一排用木板隔成的小小空间，想到自己屡试不中的辛酸，号啕大哭，以头撞板，头破血流，这是一颗珠。范进得知中举后发狂，母亲竟喜极而死，是另一颗珠。严监生为人吝啬，临死的时候看见油灯里有两根灯草，为了省油，指示家人减少一根灯草才断气，也是一颗珠。这些可耻可笑的行为引起小说家的愤怒，他要把这些丑态一一展示给天下后世看。诗言志，《儒林外史》也言志，这个"志"就是"线"。以线穿珠，每一部分都精彩，全体当然精彩。

虹影的长篇小说《饥饿的女儿》，三百五十页，一气读完不觉其长，魅力正是来自"串珠"。例如，一青年死于武斗，"他的母亲正在家里编织绒线衣，听到噩讯，钢针插进手心，一声未叫得出来，中风死去。"还有，时隔十三年，有人将自己的亲属从墓区挖出来重新安置，吓得魂飞魄散，"是冤鬼哪，冤鬼！"头颅骨全变成绿色。有人说是由于射进脑子的铜子弹，随着脑子烂成水，染得满颅骨铜绿。虹影从黯淡的人生中寻出许多晶莹剔透的事件，叙述简洁，不事空泛的抒情，以事件的本身去震撼读者，正是古人笔记的三昧。古人的笔记是一盘散沙，而虹影真个是聚沙成塔。在那个严重匮乏的年代，虹影告诉我们，一家之中，吃得最少的人最受尊敬，这句话也是珍珠。

　　如果作品只有一根主线，可以串珠，串珠是单线延长。如果作品有好几根主线，这些线不可能平行，一定彼此交叉，那就"结网"。像《三国演义》，一时多少豪杰，曹操请刘备喝酒，论天下英雄，两条线交叉了。陈宫放了曹操，曹操杀了吕伯奢，三条线交叉了。刘备东吴招亲，牵动孙权、周瑜、乔国太、乔国老，还加上一个赵云，五条线交叉了。你看赤壁之战，那是多少人聚在一起干出来的大事，既联合又斗争，那是多少根线织成的一张网！大处着眼，《三国演义》，三个国家的角力，三条线，每条主线都有许多珍珠，军事斗争、外交斗争、政治谋略斗争，三条主线互为影响，向四面扩充，由合久必分开始，到分久必合收场，盘踞了一个很大的面积。

　　我们来观察一下《西游记》，这部长篇小说的源头是玄奘写的《大唐西域记》，弟子慧立写的《慈恩三藏法师传》，都是线形结构。如果采用网式结构呢，可以设想，当玄奘师徒走出国门的时候，所有的妖魔鬼怪同时出现，他们要开战略会议，商量如何掳获唐僧，他们推举领袖，分派任务，他们也要约定得手以后如何分享战利品，吃唐僧肉。可以设想，他们都有私心，暗中拉帮结派，尔虞我诈。这种既联合又斗争的局面，潜伏着变量，这个变量是唐僧脱险的机会。玄奘这一边也有弱点，一如《西游记》里面所写，"唐僧懦弱多疑，八戒愚蠢多欲，悟空尚武不文"，他们一路上犯了许多错误，这错误是妖魔得手的希望。

在串珠式结构里面，唐僧取经，沿途妖魔都想吃唐僧肉，但是他们各自为战，每个妖魔有自己的地盘，唐僧要走进他的地盘，双方才交战，一旦唐僧师徒走出他的地盘，他就从故事里淡出。在网式结构里面，众妖魔一拥齐上，且战且走，各成员息息相关，每一个妖魔的言语行动都会影响别人，或者影响另一个妖魔，或者影响唐僧师徒，唐僧师徒的言语行动也影响妖魔。佛经上说"此起故彼起，此生故彼生"，武侠小说家古龙说"人在江湖，身不由己"，都一语道破结网的秘密。

"此起故彼起，此生故彼生。"冯梦龙由这句话得到灵感，他编织了这么一张网：某个地方有一座庙，庙里供着一尊用木头雕成的佛像。村子里有一户人家很穷，到了冬天，没有燃料做饭，他到庙里去偷那尊佛像，把佛像劈开当柴烧。村子里有一个木匠，他到庙里去烧香拜佛，发现佛像不见了，他回家雕了一尊佛像，送到庙里供奉。那个穷人到处找燃料，他听说庙里又有佛像了，他再去偷，那个木匠，那个佛教徒，也赶紧再去补充。

一年又一年，年年冬天都是这样。后来，偷佛像的人和雕佛像的人都死了，阎王审判他们的灵魂，毁坏佛的金身是大罪，那个小偷罪业深重，要下第十七层地狱。那个木匠，那个不断为佛陀造像的人，受的处罚更重，阎王把他打入第十八层地狱。为什么呢，阎王说，正因为你造了那么多佛像，他才毁坏了那么多佛像，佛的金身才受到这么多的污辱，要不然，那个小偷哪里有机会造这么严重的恶业？

这种互动如果特别密集激烈、恩怨情仇、你死我活都在一个狭小的空间里面滚动，如同近身肉搏，毫无缓冲余地，这时结构由平面变为立体，就出现了我们所说的"缠球"。

且说我国的宋朝有北宋南宋之分。宋朝本来建都在北方，现在的河南开封，后世称为北宋。金兵攻破宋朝的首都，把徽宗钦宗两个皇帝掳去了，把许多后妃公主也掳去了，北宋灭亡。赵氏王朝在北方不能立足，偏安江南，称为南宋。

金国把徽钦二帝当仆人使唤，给掳去的后妃公主指定了丈夫，或者当做性奴隶。这就是岳飞说的"靖康之耻"。徽宗有个女儿，柔福公主，也成了金人的战利品。四年以后，有一个女子自称是从金人手中逃出来的柔福公主，向南宋的朝廷报到，宋高宗派人盘问测试，认为她是真的，就给她恢复了公主的身份，也给她招了驸马。

可是又过了若干年，金国把韦太后放回来了，添了个人，添了一条线，也添了交叉互动，出现变量。太后说，柔福公主早就死在金国了。太后当然是最有力量的证人，高宗立刻采信，经过一番严刑拷打，把这个冒牌的公主杀了。这个柔福公主到底是真的还是假的呢？有些学者说，她是真的，她和太后一同做俘虏，知道太后那些"失节事小、饿死事大"的故事，太后既然回到南朝，重建自己的尊严，必定要杀她灭口。

朝代兴亡是大事，也是常事，如果只是"几时真有六军来"，如果只是"直把杭州作汴州"，一番触景伤情，一阵感慨悲凉，一些抚今忆昔，情感、意念向前延伸，可能委婉曲折，但没有交叉，也没有目的，就像散步一样，那是串珠。现在出现了柔福公主，她有奋斗的目标，搅动了一池星斗。南宋朝廷的许多人物跟着出现了，有人怀疑她，测试她，拷问她，她的奋斗遇到阻碍。彼此在互动、交集、磨擦中延长，像编织一张网。测试，拷问，一道一道关卡，每过一关，那是她和对手的一次碰撞，一次交叉，一切在作家的安排下进行，一如蜘蛛结网。

最后又出现了太后，太后说，这个柔福公主是假的，不得了，已经结束了的事重新开始，每个人物又站到第一线来。拿线条作比喻，太后、公主、南宋皇帝缠在一起了。面对一个足以毁灭皇室尊严的人，一个可能毁灭自身幸福的人，这是什么样的矛盾！面对一个想杀人灭口的太后，这是什么样的危机！每个人都封闭在宫廷之内，没有逃避的空间，彼此都紧绷神经，不敢懈怠。每一个人都是中心，都牵发动体，每个人的位置都是一个洞察全局的视角，整个事件为之立体化，如果这是线条，这是缠得多么紧，多么像一个球！

抄一个不知出处的小故事。小彼得问他的妈妈："我长大以后，是不是一定和对门的小玛丽结婚？"他的妈妈惊问此话怎讲，小彼得说："你不准我到别的地方去玩，我们这条巷子里又只有玛丽一个女孩。"你看，这个小彼得感觉自己缠在网里了，倘若其他条件不变，以后势必越缠越紧。《红楼梦》，贾、林、薛的三角关系变成死结，也是因为大家都是拴在一根线上的蚂蚱。倘若贾宝玉早些出家，"此灭故彼灭"，这个球就散开了，《红楼梦》说不是冤家不聚头，我说聚了头才成为冤家。这样看来，串珠式好像比较容易，织网次之，缠球最难。

有一个男人内耳疼痛，去看医生，医生从他的耳朵里取出一粒水钻来，这是一颗"珠"。如果这个耳痛的男人由太太陪着去看医生，医生从他的耳朵里取出一粒水钻来，太太一看，这颗水钻并不是从她的首饰上掉下来的，那么它是从哪里来的呢？这就牵扯到第三者，三个人有了交集，这就是网。再发展下去，三个人的关系越来越密切，越来越紧张，也越来越不能罢休，这就出现了"缠"。

在《白蛇传》里面，白娘子和许仙在西湖相遇，借伞定情，如果小两口儿不断晒他们的恩爱，像《浮生六记》的闺房记乐那样，就是串珠。偏偏出现了一个和尚，他把许仙和白娘子的婚姻关系定性为人妖恋，抬出佛法来干涉，三根线开始编网。偏偏小两口儿不听话，白娘子又有反抗的能力，几个回合下来，网缠成了球。白娘子代表人的情感，法海和尚代表人的理智，那个许仙承受两方面的压力。"情感"教人做喜欢做的事，"理智"教人做应该做的事，我喜欢赌钱，牧师说应该戒赌，牧师就代表理智。有人听了牧师的话戒赌，经过多次挣扎，终于成功了，写下来，串珠。有人赌了又戒，戒了又赌，跟老婆离婚，跟兄弟姊妹断交，跟赌友打架，大家从此不理他，写下来，结个网，也就是了。可是因为某种理由，或者兄弟之间还有遗产继承的问题，或者夫妻离婚之后还有孩子的监护权，彼此不能一拍而散，甚至因为已经撕破了脸，斗起来穷凶极恶，更没有顾忌，这就要缠球。

串珠、结网、缠球，究竟使用哪一种结构，要看你有什么样的素材，这叫"内容决定形式"。赤壁游江，清风徐来，水波不兴，吹吹箫，唱唱歌，谈谈人生观，适合串珠。渔夫出海，在大海中昼夜漂流，终于钓到一条大鱼，在钓竿钓线的两端，人和鱼一场生死搏斗，终于……适合缠球。你表现沧海月明珠有泪，是一种写法，表现还君明珠双泪垂，是另一种写法。你处理画饼充饥，巴尔扎克在桌子上画一块牛排，是一种写法。处理望梅止渴，曹操说了一句"前有梅林，可以歇马"，暗中派人打前站烧开水去了，要另一种写法。

慧立写玄奘取经过流沙河，"沙河八百里，上无飞鸟，下无走兽，复无水草。逢诸恶鬼奇状异类绕人前后"，这是扁平的记叙，到了小说里面，过流沙河就得有事件，事件里面有阻碍和如何越过阻碍，这一部分就要放大，照明。这时候，你发现形式决定内容，形式是串珠，你得把流沙河变成一颗珠。《西游记》第二十二回，流沙河里有一个妖怪，不许玄奘通过，八戒和悟空联手作战，无功。这妖怪本来也是上界仙人，只因犯了过失，谪放到流沙河来，经常吞噬过往行人。悟空八戒三战不胜，求观世音菩萨帮忙，菩萨派使者收伏妖怪，使他拜玄奘为师，为取经效力，将功折罪。这"最后一个徒弟"法名悟净，就是沙和尚。慧立笔下的流沙河寥寥数语，到了吴承恩笔下变成六千多字，满足结构上的要求，写作的人管这一手功夫叫"吹"，像吹气球一样，使一个扁平的记述膨胀起来，有空间，有张力。

　　心理学有个名词叫"剧化"，看不见的起心动念转变成看得见的言语造作，就像演戏。不能光说我累了，他喝醉了，不能光说"他是武松，他很勇敢"，不能光说好可爱哟，好可怕哟，好烦哟，好小气哟。报馆里来了个新编辑，常常受总编辑责备，生了一肚子闷气。有一天他买了一个西瓜，特别选了红瓤的瓜，左手捧着西瓜，右手拿着切西瓜专用的大刀，他说我请总编辑吃西瓜，咚的一声把西瓜放在总编辑的办公桌上，手起刀落把西瓜劈开，然后咔嚓咔嚓一连几刀，刀尖对着总编辑伸出来又收回去，收回去又伸过来，刀上带着血红的西瓜汁。他这是干什么？这就是剧化。

　　电影向小说或舞台剧取材，或是借重作家的名气，争取他的读者，或是看中作品的创意，可以借题发挥。至于题材内容，通常填不满那个叫做"戏剧结构"的模子，编导需要切去赘肉，隆鼻染发，甚至取它的基因重新造人，这就是"形式决定内容"。这样一来，原作的微言苦心就不见了，所以萧伯纳曾经反对好莱坞改编他的剧本，小说家福克纳为好莱坞工作的那一段经历，文学史家称之为艰难岁月。

　　一般而言，小说是"内容决定形式"，多半不适合照样搬上银幕。如果哪一位小说家了解电影，对电影有情，他在取材布局的时候就顾到悬疑、伏线、笑料、高潮、人物动作、背景画面，他能满足改编剧本的需要，在某种程度上，他让形式来决定了内容。改编电影以后，这本小说所受的

"损害"很小，我们乐观其成。不过这本小说在电影的制片和导演眼中并不是小说，而是戏剧的"本事"，有些文友对这件事有非议。

谈结构谈到"形式决定内容"，也许过分强调结构的重要，谈结构谈到"形式决定内容"，也算是谈得很透彻了。

有隐有显谈比喻

　　爱因斯坦的"相对论"改变了世界，到底什么是"相对论"，没几个人能说明白。据说有人当面向爱因斯坦请教，得到如下的答案：女朋友握住你的手，十分钟你也觉得很短；你把手放在火炉上，一分钟也觉得很长。

　　有人说这个故事是瞎编的，不会有人向爱因斯坦提出这样唐突这样幼稚的问题。有人说在上流社会的宴会中偶然有这样的贵夫人，问萧伯纳怎样写文章。有人说这个答案不是爱因斯坦的，它是推行通俗教育的人假设的、代拟的，这个答案并不是科学的答案，它是文学的答案。

　　好，文学的答案，在文学里面，这样的答案叫比喻，也叫譬喻。比喻不等于事实，而是你通过它可以了解事实，这个了解也未必很准确，很全面，往往是偶然会意，仿佛得之，然后，文学的受众也就欣然忘食了。文学家说你可以用好几种方法使用比喻，"相对论"为什么难懂？因为太抽象，有人用一件非常具体的事情来摹拟它，这是"比"，经过这样一比，你说我知道了，这叫"喻"。

使用比喻的另一个方法是以简单喻复杂。唐朝末年，中国分裂成"五代十国"，赵匡胤篡夺了其中一个国家成为宋太祖，他即位以后，南征北讨，统一天下。他兴兵灭南唐，南唐派大臣徐铉求和，徐铉说，南唐一直称臣纳贡，是一张乖乖牌，朝廷何必兴兵？宋太祖一句话就把徐铉堵回去了：我的床铺旁边怎么可以有别人呼呼大睡？宋太祖用的是比喻，是文学的答案，不是政治学答案，政治复杂，"卧榻之旁"简单。

还有一个方法，用熟悉的事物比喻陌生的事物。"云想衣裳花想容"，我们常常看见云和花，谁也没见过杨贵妃，李白这么一形容，好像看见了。从前孟夫子周游列国推销儒家的仁政，梁襄王问他为什么行仁政可以使天下归心，孟子拿田里的庄稼作比喻说给他听，仁政是个什么玩艺儿，国王没见过，庄稼什么样子，他见过，中国以农立国，周天子每年春天到郊外去表演耕田，当然是象征性的。孟子说天气干旱的时候，田里的禾苗奄奄一息，老天爷下一场雨，禾苗就挺胸昂首生机蓬勃，现在全中国都在闹政治性的旱灾，人人盼望政治性的甘霖，他说老百姓都翘首望天，看天上有云没有，他说得很生动，容易懂。

还有一个方法，以具体喻抽象，宗教家都擅长这个方法。例如佛家说"一即一切，一切即一"，太抽象，不好懂，弘法的人说"千江有水千江月"，天上有月亮的时候，江河湖海中都有月亮，水中的一切月亮都是天上那一个月亮，天上那一个月亮就是水中所有的月亮。很具体，好懂。他们也说"万花即春，春即万花"，春是一，花是一切，这更好懂，我们也说"万紫千红总是春"，百花中有春色春意春季节，春色春意春季节中有百花。

耶稣布道也喜欢比喻，他的门徒曾经问他为什么不直接说个明白，可见他用过的比喻非常多。佛家用的比喻都有人记下来，很丰富，增加后世说话作文的技巧。基督说过的比喻也有记载，很少，很可惜，可以想象有很多很多"文学的答案"都失传了，我怀疑这笔损失影响后世基督教传扬福音的效果。耶稣十二门徒中间有个彼得，本来打鱼维生，耶稣劝他"跟从我，我要教你得人如得鱼一样"。这个比喻实在精彩，彼得马上丢下渔网。耶稣在野外布道，从地上摘下一朵百合花，他对听众说："所罗门王朝的荣华还不如这一朵花呢！"通常世人的想法是，花开花谢时间短促，人生在世的好日子也一样。耶稣更有创意，有权势的人马上会失去他的权势，有金钱的人马上要失去他的金钱，花开花谢的时间也比他长。耶稣最出名的一句文学语言是："富人进天国，比骆驼穿过针眼还难。"好夸张！语不惊人死不休。还有，他说："一粒麦子，若不落在地上死了，仍旧是一粒，倘若死了，就结出许多子粒来。"他这样比喻殉道，很有煽动力。千载之下，我们也有了"落红不是无情物，化作春泥更护花"。比他柔和。

比喻是修辞的一种技巧。《修辞学》把这门功夫分得很细，我们在实践的时候用不着那么琐碎，经过归并，比喻有两大类，一是明喻，也叫直喻；一是暗喻，也称隐喻。明喻，就是我们常说的"甲像乙一样"。有时候，我们不把甲说出来，我们只说乙，但是针对着甲，这叫隐喻。

"比喻"是文学写作极重要的手段，作家应该是擅长使用比喻的人，大作家往往是"创造比喻"的人。有学问的人说，语言文字是一种粗糙简陋的工具，只能说个"大概"、"仿佛"，它的功能天生是"比喻的"，作家既然擅长使用语言文字，当然擅长使用比喻。这个提示使我发现我们说话几乎离不开比喻，例如"生"这个字的意思本来是"草木生出土上"，我们说"生孩子"，也就是说像种子发芽一样，"发生"，也就是说像竹笋由地下冒出来一样。学生，像新生的小草一样，学派的创始者被人称为什么什么之父，后继者被人称为某某精神上的子孙，生生世世，就像"离离原上草，一岁一枯荣"。

动物的巢穴叫"窝"，一个人居住的地方也叫窝，人的家像兽的窝，"外面的金窝银窝，不如自己的草窝"。一群人的根据地也可以叫窝，这地方是那一群人的家，也可以叫老窝、老巢、老根据地，根据地也是比喻，像树根抓住这一片土地。某地是某人的势力范围，"范围"也是比喻，那地方好像他用围墙围起来，他说出来的话就像法律。我们也说某处是某人的地盘，"地盘"也是比喻，"这里好像是他家盘子里的东西"。

明喻，甲像乙一样，每朵花都像要出嫁的新娘一样。在这个句子里面，花是"喻体"，被喻之物，新娘是"喻依"，用作比喻之物，这些专门术语暂时不要管它。他喝酒就像喝水一样，他花钱就像风飘落叶一样。农夫辛苦得像他的牛一样，也快乐得像树上的鸟一样。学生拥抱考试，就像开山筑路的工人拥抱大石一样。如此这般，我们都做过这样的练习。

倘若只有这一个句式，未免单调，先行者教我们变化。"甲像乙一样"，第一，省掉"一样"，只说"甲像乙"。像大江入海，他走了，像大年夜的烟火，那么快就消失了。第二，"像"也可以换成"似"，五月榴花红似火，冷风急劲，弦也似的走在草叶上。第三，也可以换成"如"，如日之升，如月之恒，如南山之寿。第四，也可以换成"想"，云想衣裳花想容。第五，也可以换成"是"，恋爱的时候是四月天，结婚以后是十二月天。

有时候，你可以完全离开"甲像乙"的句式。他的舌头上装了弹簧，这就离开了如簧之舌。雨下得太大了，天河决堤啦，这就离开了大雨倾盆。不说爱情像咳嗽，说"爱情与咳嗽不能久藏"。不说"问君能有几多愁，恰似一江春水向东流"，说长江断流的时候我断念。不说江山如画，说挂在墙上的江山。《旧约》诗篇活用比喻："天离地有何等的高，他的慈爱也何等的深，东离西有多么的远，他使我的过犯也离我多远。"

像开门见山一样，开卷见比喻。以熟悉之物比陌生之物，例如日本关东军跟溥仪的关系，好比手与手套的关系，手套是空的，是死的，要手伸进来才起作用。以眼前之物比难见之物，例如李进文的警句：死亡只不过是猫追毛线球追到较远的角落玩耍而已，始终有一条线与生者相连。以具体之物比抽象之物，例如梁淑华译文：习惯始如蛛丝，终如大厦。为了补救语言文字的缺点，为了把不容易说清楚的事物说得明白一些，理应如此。不过"讲清楚、说明白"并非文学作品惟一的目标，在创作实践上也有人反其道而行。

小说家黄孝阳写《旅人书》，事件不是常情常理想当然耳，语言也不是文从字顺众口一词，他用比喻也不守成规，以地狱火苗比眼神，以"一只微微鼓起、不含有人类感情的眼睛"比月亮，他说，"她的样子像一个好心肠的巫婆"。他形容某人的表情像濒死之人的脸。凡此种种都是用陌生比熟悉，用没见过的比见过的，他这样营造一个地球上没有的人间。村上春树也说，深而冷的沉默，如同被封闭在冰河里的五万年前的石头，谁又见过这样的石头？民间俗语也说，某人的脸像吊死鬼，谁又见过吊死鬼？但是这么一说真能散放出一种气氛来。

在学习的过程中，许多人都是先熟识明喻，后操练隐喻，可以说，明喻是隐喻的基础。明喻是"甲像乙一样"，隐喻是不说"甲"，只说"乙"，他的意思是说"甲"，只是字面上看不见。引狼入室，"狼"是一个坏人；云游四海，"云"是一个和尚；风行一时，"风"是一个歌星。拿破仑说："一只老虎带一群羊，羊也变成老虎，一只羊带一群老虎，老虎也变成羊。"他不是说老虎和羊，他是说将军和士兵。林肯做美国总统的时候，财政部长带领银行代表团晋见，部长说，这些银行家都对国家忠心，《圣经》上说，"你的钱在哪里，你的心也在哪里"。林肯回答，《圣经》上还有一句话："尸首在哪里，鹰也在哪里。"他说的鹰应该是兀鹰，专吃动物的尸体。林肯的意思是，什么地方可以赚钱，什么地方有商人，鹰和尸首都是隐喻。

苏东坡的词："明月几时有，把酒问青天。不知天上宫阙，今夕是何年。我欲乘风归去，又恐琼楼玉宇，高处不胜寒。"表面上是中秋对月，实际上是说，我有罪下放密州，很挂念朝廷，也不知朝中发生了什么大事没有，我很想回到朝廷尽我的心力，只怕很难适应那里的政治生态。宋神宗读到他这首词，认为苏轼对朝廷还是很忠心。这一番政治表态如果直白说出来就俗气了，苏东坡把它放进明月、天上、乘风、琼玉、高寒，一连串比喻里，而且隐去被喻之物，洗尽俗尘，给我们一个"碧海青天夜夜心"的境界。这首词也因此可以脱离原来的语境，代换意识形态，超越时空限制，至今沁人心脾，隐喻对美文的贡献亦大矣！

前贤说，用比喻，以乙喻甲，甲乙只是局部相似，并不需要完全相同。爱情像咳嗽一样，两者只在"不能久藏"这一点上成立。"美文"以引起美感为目的，比喻是重要的手段，它可以释放想象力，产生催眠作用，发现万物之间的新连结。一般而言，美文的读者容易和作者合作。倘若写论辩的文字，比喻往往误事，对方可以抓住甲乙不相似的部分加以发挥，推翻你的说法。你说"除恶如农夫除草"，他会说，农夫也需要有草喂牛，农夫也种草皮卖给城里人美化庭园。你说"有奶便是娘"，他反问孩子也喝牛奶，牛也是他娘？这样，比喻就只见其短了。

既然两词仅有部分相似，一个"用作比喻之物"可以为不同的"被喻之物"服务，可以一词多喻。例如"云雨"：翻云覆雨，指它变幻不定。蛟龙得云雨，指客观的条件具足。巫山云雨，指爱情的讯号。"日月"：日月经天，指永久不变。壶中日月，指光阴岁月。日月重光，指政局清明稳定。仲尼日月也，最高权威，人人景仰。竹，虚心，有节，挺直，不肯折断，指君子，但是，竹，外表坚硬，内里空虚，根部见缝就钻，躯干迎风折腰，不能成为栋梁之材，指伪君子。草，指平民，香草，指君子。十步之内必有芳草，指好人；天涯何处无芳草，可以指淑女，可以指人才，还可以指小人。

当年新文学以革命的姿态出现，前贤排斥成语典故，认为那是陈腔滥调，必须革除。几十年实践下来，成语典故都可以当做比喻使用，都还有很强的表现力。合浦珠还比喻失而复得，青梅竹马比喻两小无猜，自相矛盾可以和"自己搬石头砸自己的脚"并存，越俎代庖可以与"狗拿耗子，多管闲事"并存，与虎谋皮可以与"请鬼抓药"并存。根深蒂固，鬼斧神工，披荆斩棘，翻云覆雨，仍然可以是生力军，文章之道，在乎"把最恰当的字放在最恰当的位置上"，成语典故是否陈腐，是否有表现力，大半由上下文决定，不由辞典决定。

比喻不限一句，你可以使用一连串比喻描述一个景象、一种心情，这一串比喻要"同质相关"。如果浪子是落叶，家庭就是枝干，风是流浪的信息方向，土地就是异乡。如果浪子是转蓬（你在好莱坞拍的西部片里看见过，干枯的蓬草在风中纠结，在地上滚动，地上的断草黏合上去，球形越滚越大），枯草黄叶就是盲流，风就是某种压力，例如战争、饥荒或者革命。如果浪子是浮萍，水就是动荡的环境，土地是可望不可得的安定社会。中国以农立国，古典文学以椿树代表父亲，以萱草代表母亲，以棠棣代表兄弟，以芝兰玉树代表子孙，一连串比喻没有超出植物的范围。

《诗经》有一段祝福之词：如山、如阜、如冈、如陵、如川之方至、如月之恒、如日之升、如南山之寿、如松柏之茂，"九如"。《金刚经》形容世事：一切有为法，如梦幻泡影，如露亦如电，"六如"。梁任公才气大，他说老年人如夕照，少年人如朝阳。老年人如瘠牛，少年人如乳虎。老年人如僧，少年人如侠。老年人如字典，少年人如戏文。老年人如鸦片烟，少年人如白兰地酒。老年人如别行星之陨石，少年人如大洋海之珊瑚岛。老年人如埃及沙漠之金字塔，少年人如西伯利亚之铁路。老年人如秋后之柳，少年人如春前之草。老年人如死海之潴为泽，少年人如长江之初发源。一连十八个比喻，连弩射向一个稻草人，不能抵挡，无法躲闪。

六十年代，诗人余光中在美国讲学，写大品散文《咦呵西部》，描述自己驾车横贯美西大平原，善用比喻。诗人风华正茂，有"春风得意马蹄疾"的豪情，高速行车，想象当年美国开发西部时的光景，从中取喻，自成系统。西部大地空旷，"任你射出眺望像亚帕奇的标枪手，抖开浑圆浑圆的地平线像马背的牧人"。亚帕奇，印第安人的一支，骁勇善战，远距离投射标枪是他们的战技。马背牧人，当年西部以牧牛为业，管理牛群的人，所谓牛仔，骑在马上，往来驰骤，他们能抛出绳圈套住奔牛，当然也能套住敌人。"如果有谁冒冒失失要超单，千刃下，将有一个黑酋长在等他，名字叫死亡。"白人来开发西部，处处和印第安人争地，长期激战，黑鹰酋长使白人妇孺闻风丧胆。

当年西部洪荒，野兽出没，诗人屡次以豹喻车，他称汽车为"底特律产的现代兽群"，底特律，美国汽车工业的重地。"所有的车辆全撒起野来，奔成嗜风沙的豹群。""霎霎眼，几条豹子已经蹿向前面，首尾相衔，正抖擞精神，在超重吨卡车的犀牛队，我们的白豹追上去，猛烈地扑食公路。"形容车队，诗人说形成一条长长的蜈蚣，不说长龙。多少西部片都有重大事故在赌场发生，诗人用轮盘喻汽车的方向盘，不用罗盘，"方向盘也是一种轮盘，赌下一个急转弯的凶吉"。

如前所述，我们可以在一句之中用一个比喻来形容某一事物，这一句用的比喻和那一句用的比喻不相关连。进一步，我们也可以在一段之中用多个比喻来叙述某一事物，各个比喻互相有默契，连成一系。再进一步，我们还可以整篇文章里的比喻都从一个系列中产生，或者说都纳入一个系列，而且可以不写"喻体"（被喻之物），只写"喻依"（用作比喻之物），把整篇文章做成一个隐喻，这时，你我就不是写这篇文章用了比喻，而是用比喻写成这篇文章。可以说，这是我们追求的高级目标。

隐喻的用处比明喻大，花样也更多。且看苏格拉底怎样用隐喻教学。苏格拉底有一个著名的学生，柏拉图，问老师什么是爱情，他们谈话的地点在郊外，前面是一片稻田，稻穗已快要成熟了。苏格拉底教柏拉图从这一片稻田穿过去，拣一枝最大最漂亮的稻穗回来。他规定一直往前走，穿过稻田，不能回头，而且只可摘一枝稻穗，摘到手以后不能更换。柏拉图照着老师的话去做，结果空手回来，他说他从头走到尾不能决定哪一枝稻穗最好，总以为最好的是下一个，谁知越往前走稻穗的成色越差，走到尽头才发现那最大最好的稻穗都错过了，他一个稻穗也没有摘到。苏格拉底对他说："这就是爱情。"请注意，在这个比喻里面，"喻体"占的篇幅很大，可以独立，"隐喻"已经高于修辞方法成为文学体裁。

佛教的《百喻经》记载佛陀说过的许多比喻，我们都拿来当做文学作品阅读。佛陀说，有一个剧团到各地巡回公演，长途跋涉，在山中树下过夜。这天夜里气温降得很低，有一个演员被冷风吹醒了，就抓来一件戏服穿上保暖，这件衣服恰巧是扮演罗刹鬼穿的。另一个演员也冻醒了，睁眼一看，旁边坐着一个罗刹鬼，大叫一声，起身就跑。这一叫惊动了大家，纷纷奔逃。那个穿戏服的演员并不知道一场虚惊由自己引起，心慌意乱，也紧紧跟在大家后面。跑在前面的人，看到罗刹鬼从后追来了，跑得更快，有人跌伤了，有人被树枝岩石擦伤了，直到天亮才弄清事实真相。

这个故事以剧团比社会，以戏剧比人生，以演员比每一个人，以山林露宿比人生如寄。人穿上戏装，指人世百态都是"假相"，大家以为见鬼，指人在假相中迷惑颠倒，误穿戏服的人不知道自己的模样，指人不能自觉，天亮代表"悟"，识破假相，放下执著。因为文中所有的比喻都是隐喻，所以字面上看不见社会、人生、寄旅、假相、迷惑颠倒、觉悟，只看见演员、山林、罗刹鬼、逃命、天亮。于是这篇作品有一部分写成了文字，有一部分没写成文字，一而二、二而一，互相依存，写出来的这一部分可以单独存在，流传，供人欣赏，另有解读，不必顾到它原来的寓意。

做到这一步，就是象征了。

求新求变谈造句

在这个大标题下面有三个小标题，先谈漂亮的句子人人爱，再谈漂亮句子人人学，最后是漂亮句子人人变。先要有眼光发现什么样的句子是好，还要能虚心吸收人家的好，最后从别人的"好"里面变化生新，有自己的"好"。

前贤说，好文章就是"好的意思说得好"，句子漂亮就是"说得好"！说得好，人家爱听；说得好，人家爱看；说得好，人家爱用，引用、借用，或是盗用。盗用使人不舒服，但是你不能因为有小偷就不兴家立业。

什么叫"漂亮"？观摩比定义重要，这里找些样品给你看。

你的眼神是我眼神的家。（陈义芝）

我注视你的眼睛，你的瞳孔里就会出现我的影像。你的瞳孔成了我的家，表示我经常看你，不大去看别人。倘若我看你、你不看我，我也没法进入你的瞳孔，我之所以能以你的瞳孔为家，由于我看你、你看我，"相看两不厌"。只有在我们深情对望的时候，我才有归属感，我的灵魂才不致流离失所。

这一番解释太啰嗦了，也许你因此有了比较，可以看出一句话"好"在哪里。

你的腰不弯，别人就不能骑在你的背上。（马丁·路德·金）

这位马丁·路德·金是美国民权运动的领袖，一生奔走呼号为黑人争平等，改变了少数民族在美国的地位。他的演讲很动人，留下一些名言警句。美国的黑人本来都是白人的奴隶，林肯解放黑奴只是开了个头，那些表现在法令规章、生活习惯上的平等，需要每一个黑人随时随地注意争取，人家看你是黑奴，就想骑在你的背上，你不要认为自己是黑奴，弯下腰来伺候着。

当一个人打算欺负另一个人的时候，他照例要估计对方接受的程度，俗语说，看你的饭量给你盛饭。古圣先贤的说法是"心必自侮而后人侮之"，"君子不重则不威"。这些话当然很好，只是千百年来被无数人引用，太熟悉了。马丁·路德·金这句话比较陌生，显得新鲜，再加上是大白话，亲切得多了。

钱财是可怕的主人，但也是极佳的仆人。

"支配金钱，不要受金钱支配。"另一个说法是"人用钱，不是钱用人"。都是老生常谈了。"钱财是可怕的主人，但也是极佳的仆人。"这话也来自翻译引进，它的"好"处是：

第一，不用"人"做主词，用"钱财"做主词，给它一个更重要的地位，提高我们的戒心。

第二，用"主人"和"仆人"作比喻，把它人格化了，显示它跟我们有密切的人际关系，很难隔离摆脱。

第三，再加上"可怕"和"极佳"两个相反的形容词，使我们觉得金钱是锋利的双面刃，必须正确对待。

结论：金钱只可做仆人，不可做主人。这个说法"好"多了。

古人说"世路难行钱当马"，今人说"金钱不是万能，但是没有钱万万不能"。

都说明钱是有效的工具，也就是"极佳的仆人"。工具不是目的，如果惟利是图，见利忘义，问题就多了。这样说就啰嗦了。

我只是个戏子，永远在别人的故事里流自己的眼泪。（席慕蓉）

说得好！演员扮演林黛玉，"滴不尽相思血泪抛红豆"，人家说那是林黛玉的眼泪，不是她的眼泪。演员扮演鲁智深，"漫揾英雄泪，相别处士家"，人家说那是鲁智深的眼泪，不是他的眼泪。

其实都是他的眼泪，演员表演，必须化身为剧中人，全部投入，不复有我，所以说他在别人的故事里流自己的眼泪。眼泪是血的变形，血是生命的具象化，他为别人的故事消耗自己的生命。何止一个"戏子"如此！何止一个故事如此！千言万语都在这一句话里了！

唐诗的名句："苦恨年年压金线，为他人作嫁衣裳。"成语：为人作嫁。年年在新嫁娘穿的衣服上绣花，新娘都是别人。刺绣也大量消耗生命的能量，可是永远为了别人，不相干的人，不喜欢的人。刺绣究竟是平面，是静态，也是单一，戏剧有生旦净末丑，有忠奸善恶，悲欢离合，比喻的功效更强烈。

生命确实是黑暗，除非有热望；所有的热望都盲目，除非具有知识；所有的知识都是无用的，除非有工作；所有的工作都是空虚的，除非有爱。（纪伯伦）

读这几句话，想起使徒保罗说过"有信、有望、有爱，其中最大最要紧的就是爱"。

保罗的话列入《圣经》，信望爱三者并列，读者一时弄不清它们的内在联系。纪伯伦补足空隙，画出阶梯。我们及身所见，热望成为盲从，知识不能实践，工作等同残酷，曾经造成多大的灾难，纪伯伦以寥寥数语说个透彻明白。

我们来把纪伯伦的话重读一遍：生命中有热望就有光明，热望有知识引导才有正确的方向，能知能行就会逐步接近目标，实践需要毅力，毅力由爱产生，不由恨产生，才会得到你在黑暗中盼望的结果。

善哉！

台北的巷弄，一盘快下完的残棋。棋盘上的笑声和童年，即将被汽车逐个挤出局外。（胡宝林）

作者说，台北市巷弄纵横，好像棋盘，住在这些巷弄里的男女老幼，犹如棋盘上的棋子。随着经济发展，都市建设的项目一个一个"上马"，马路拓宽，平房改建大楼，原来的居民由中心区搬到郊区，再由郊区搬到乡镇，旧日门巷逐渐消失，或者苟延一时。

"世事如棋"，原是表示洒脱达观，胡氏却借棋写出现代都市的一番沧桑，那个"残"字触目惊心。把人比成棋子，本来表示贬义，胡氏却借棋子表现小市民的无辜与无助。棋子落到棋盘以外，就是死子与弃子了，而"笑声童年"仿佛犹眷恋原地，"江流石不转"，震撼行人。读胡氏的个人网页，得知他有"在这些巷弄中玩耍的经验，深觉人行空间的重要，对现代都市中汽车吞噬人行空间现象感到焦虑"。他是如此高明地处理了这一段经验。

忘记了什么人说过，小城可爱，大城不可爱，但是小城迟早会变成大城。也说得很好。

读者看见好句子，止于反复欣赏；作者看见好句子，进而反复观摩。写文章，造句是基本功夫，新手固然要勤学，老手也不能荒废。这就进入第二个阶段，漂亮句子人人学。

练习造句，我常劝人使用句型。句型是句子的基本模式，可以比照复制，这样写出来的句子很健全。现在到处可以看见不健全的句子，有些评论家说这些句子"得了小儿麻痹症"。句型是这种病症的预防疫苗。

大作家能够创造新的句型，但是他的大部分句子仍然使用人人共有的、通用的句型，他依然可以写出新意象、新思想来。禅家说"桥流水不流"，教千千万万欣赏风景的人不要"看"，要"悟"，可谓破尽旧习，他的句型却是约定俗成。恋人分手，旁人说情断缘未断。法官判被告死刑，告诉他情屈命不屈。年轻守节的寡妇，海枯泪不枯。大清朝统治刚刚征服的汉族，定下生降死不降，娼降优不降，等等。都在使用同样的句型。想想看，用这个句型造句，把你心里的某些意思表达出来。

成语"东食西宿"也可以看做是一种句型。本来，它的背后有一个故事。据说从前有一个家庭为女儿择婿，东家西家都来说媒，东家有钱，但儿子长得丑，西家小伙子英俊，可惜很穷。父母问女儿愿意嫁给谁，女儿说她希望"东家食而西家宿"。

这是"东食西宿"的出处，形容一个人贪利忘义，没有原则。可是现在很多人说自己生活不安定，也用这四个字，这是"出典"和"用典"的差异，写文言文的人说是用错了，写白话文的人并不在意。这又是白话作家和文言作家的差异。

　　如果把"东食西宿"当作一个句型，且看东成西就，表示得到了两个，选择了一个；东上西下，西下夕阳东上月，表示失去一个，得到另一个；东鸣西应，表示互相联系、彼此影响。还有东倒西歪、东挪西借等等，都可并入一类。

　　有东西就有南北，南方以船为主要的交通工具，北方以马为主要的交通工具，人到全国各地长途跋涉，概括为南船北马。溥心畬生于北京，张大千住在上海，两人都是书画大师，艺术界称为南张北溥。大家意见分歧，各有各的说法，称为南腔北调……你能从这种发展里学到东西吗？

　　读王贞白的"一寸光阴一寸金"，我们马上想起李商隐的"一寸相思一寸灰"。当年"一寸光阴一寸金，寸金难买寸光阴"编进《千家诗》，儿童入学以后，《千家诗》是启蒙的课本之一，我们先读《千家诗》，后读《唐诗三百首》，先入为主，可能觉得李商隐用了王贞白的句型。他们两位都是晚唐诗人，李商隐的年纪比较大，王贞白晚生了几十年，也许李的句子在前，王的句子在后。

　　中国远古时代，夏朝的禹王爱惜寸阴，这是"寸阴"一词的由来。你看，那么早，禹王就把时间当做一个长度予以量化。但是禹王并没有语录留传下来，汉朝人说他爱惜寸阴，而且说一寸光阴比一尺美玉还要贵重。到了晋朝，又有人说禹王是圣人，我们不能跟他比，他爱惜寸阴，我们要爱惜分阴。李商隐也可能直接受汉人的影响，由光阴可以量化想到相思也可以量化，抽象的光阴可以转化为具体的金，抽象的相思也可以转化为具体的灰。这个过程前贤称为"脱胎"。后来出现"一寸山河一寸灰"，形容战争造成毁灭，很悲凉，已经离唐朝很远了。对日抗战时期，号召知识青年从军，喊出"一寸山河一寸血"，一变而为壮烈，那是近代的事了。近在眼前，更有"一寸斜阳一寸光"，描述老年的心境，失去年华，犹存乐观。同样的句型，表达各种不同的意念，作家并没有受到束缚。想想看，你有什么心思意念可以装进这个句型？

佛经常常连续使用相同的句型，反复申说同样的意念，加强谆谆告诫的力量，例如"一花一世界，一草一天堂，一叶一如来，一沙一极乐，一方一净土，一笑一尘缘"。有人精简为"一叶一菩提，一花一如来"，表示佛法无所不在。儒门有人使用这个句型，写下"一步一脚印，一捆一血痕"，表示脚踏实地，精到深入。近人翻译英诗，"一沙一世界，一花一天国"，那是基督文化的思想了。

我们怎样使用这个句型？如果痛苦是可以升华的，可以说"一泪一诗歌，一沙一珍珠"吗？如果痛苦是可以逃避的，可以说"一梦一福报，一醉一解脱"吗？如果劝人谨慎，可以说"一念一祸福，一言一兴亡"吗？

有些句型，可以在基督教的《圣经》中找到前例。《创世记》记载，上帝以男人亚当的一条肋骨为基础，造出女人夏娃，结为配偶。亚当说夏娃是他"骨中的骨，肉中的肉"。这个句子极好，因而后来称割据一方的封建势力为国中之国，称最核心的经典为经中之经，称一国的中央银行为银行的银行，称赞伟大的作家为作家的作家。

《旧约》主张报复，有一个响亮的口号"以眼还眼，以牙还牙"，你伤了我的眼，我也要弄伤你的眼；你打掉了我的牙，我也要打掉你的牙。我们的古书里面也有以暴易暴，后来有人主张严刑峻法、改善治安，自称以杀止杀，有人主张以外交手段使外族或外国互相牵制，维持平衡，自称以夷制夷。

《旧约》说神给世人的爱"斤上加斤，恩上加恩"。形容苛政，形容恶法层出不穷，说是罪上加罪，命上加命，令上加令，律上加律，例上加例。我们现在也常说苦上加苦，有时候，我们也可以考虑把雪上加霜说成"雪上加雪，霜上加霜"。把锦上添花说成"锦上添锦，花上添花"，把叠床架屋说成"床上叠床，屋上架屋"。也可以变化一下，说甜上加糖，咸上加盐。

耶稣说，上帝的律法一点一画也不能废去。于是有一笔一画学毛主席，一笔一画学王羲之。耶稣是上帝之子，于是有了洪秀全是上帝的次子，法国是教会的长女，莎士比亚是艺术之神的长子，还有谁是战神之子，竞选的人自称台湾之子，等等。

《圣经》叹人生短促："我们如同影子不能长存。"换个说法，我们如同朝露不能长存，我们如同山谷的回声不能长存，或者他们如同春雷不能长存，他们如同雨后的虹彩不能长存。怎样说，视前后文而定，是否比直接引用原典好一些？

学无止境，"学而时习之"的快乐也有限，文学史对作家的期许是创新，超过前人的"高"，颠覆前人的"好"，绕过前人的"大"。现在我们姿态低一点，说话的声音小一点，我们在"学"之后求变，漂亮句子人人变。

张爱玲有一句话：人都住在他自己的衣服里。大家公认是警句，警句者，使人惊，使人醒，使人集中注意力。哪来的魅力？因为以前没人这样说过，我们从未这样想过。原来人的空间如此狭小，人所拥有的是如此贫乏。灵魂住在肉体里，肉体住在衣服里，衣服住在屋子里，屋子住在市镇村庄里……你我只是住在自己的衣服里。

写成这一句名言的秘诀是，她用了一个"住"字，衣食住行四大要素中的两个合而为一。论修辞，这个字可以跟王安石用了那个"绿"字比美（春风又绿江南岸），甚或更为精彩。相沿已久的说法是人都裹在衣服里，或是包在衣服里，辞语固定，读者的反应也固定，终于失去反应，视线在字面上木然滑过。作家的任务是来使你恢复敏感。

"人都住在他自己的衣服里"，这句话真的是破空出世吗？似又不然。西晋名士刘伶觉得穿衣也是礼教拘束，脱光了才自在，一时惊世骇俗。他的朋友去看他，劝他，他说，房屋就是我的衣服，你们怎么跑进我的裤裆里来了？这不是宣告他"住在衣服里"吗？他的办法是把"衣服"放大了，房子是衣服，天地是房子，超级飓风过境，好大的口气！

同一时代，另一位名士阮籍，他又有他的说法。阮籍慨叹人生在世好比虱子在裤裆里，一心一意往针线缝里钻，往棉絮里钻，自以为找到了乐土，其实……阮籍用比喻，世人好像虱子一样住在衣服里，他把人缩小了。

阮籍的年龄比刘伶大，但是不能据此断定刘伶受了阮籍影响。张爱玲呢？我们只知道她的警句中有阮籍刘伶的影子。从理论上说，作家凭她的敏感颖悟，可以从刘、阮两人的话中得到灵感，提炼出自己的新句来。如果她的名言与阮籍刘伶的名句有因果关系，这就是语言的繁殖。作家，尤其诗人，是语言的繁殖者，一国的语言因不断地繁殖而丰富起来。

即使有阮籍刘伶的珠玉在前，张爱玲仍有新意，在她笔下，人没有缩小，衣服也没放大，她向前一步，把人和衣服的关系定为居住，自然产生蟹的甲，蝉的蜕，蜗的壳，种种意象，人几乎"物化"，让我们品味张派独特的苍凉。张爱玲、阮籍、刘伶，三句话的形式近似，内涵各有精神，作家有此奇才异能，我们才可以凭有限的文字作无尽的表达。

警句的繁殖能力特别强，也许有关系，也许没关系，陈义芝写出"住在衣服里的女人"，多了一个"女"字，如哗啦一声大幕拉开，见所未见。女人比男人更需要衣服，也更讲究衣饰，衣饰使女人更性感，一字点睛，苍凉变为香艳。文学语言发展的轨迹正是从旧中生出新来。

也许有关系，也许没关系，有位作家描写恶棍，称之为"一个住在衣服里的魔鬼"，他似乎把"住在衣服里的女人"延长了。忽然想起成语衣冠禽兽，沐猴而冠。这两个成语沿用了多少年？你怎未想到写成"住在衣服里的猴子"？我们往往要别人先走一步，然后恍然大悟。收之桑榆，未为晚也，我们仍然可以写"一个住在甲胄里的懦夫"，"一个住在袈裟里的高利贷债主"，之类等等。

又见诗人描写无家可归的流浪汉，说他是"住在衣服里的人"。这句话和"人都住在他自己的衣服里"，都是那么几个字，只因排列的次序不同，别有一番滋味。还记得"小处不可随便"和"不可随处小便"吗？住在衣服里的人，和"一身之外无长物"何其相近，可是你为什么提起笔来只想到陈词滥调呢！

英文里头有句话，劝人种树爱林："一棵树除了影子都有用。"中国有句俗语："要得富，少生孩子多养猪"，因为"一头猪除了声音都可以吃"。不过这句话有歧义，有人认为中国穷人多，食物不足，发明了许多方法去吃西洋人认为不能吃的东西，如猪肠，如鱼头。一头猪除了声音都可以吃，暗含讽刺。有句话批评某一个人的言行脱离共识，违反价值标准，说他"除了做人，什么都会做"。

"上帝给我们记忆力，所以我们在十二月时仍然看得到玫瑰花。"这句话是什么意思呢？在这里，"看见"当然不是用肉眼看见，而是心眼看见。如果你表示悲观，你可以说上帝给李后主记忆力，让他在小楼东风里看见江南的"雕栏玉砌"。或者说一个破产的人，"上帝给他记忆力，使他在今日一地黄叶中看见昔时满箧美钞"。真个不堪回首。如果你表示乐观，可以说"上帝给我们记忆力，所以我们在老伴满脸的鸡皮疙瘩上看见少女的红颜"。这就是白头偕老、深情款款了。

再想得多一点，如果说"上帝给我们想象力"，那又如何？如果说"上帝给我们遗忘的能力"，那又如何？如果说"上帝给我们语言文字"，那又如何？这正是激发思考、锻炼句法的机会。

痖弦的诗："今天的云抄袭昨天的云"，抄袭两个字用在

这里是神来之笔，引人遐想，在它的吸引之下，也曾报之以
"今年的花抄袭去年的花"，"来生的缘抄袭今生的缘"，"台
北的酒抄袭绍兴的酒"，"上海的烟火抄袭华盛顿的烟火"，
"一九八四年的春天抄袭一九四九年的春天"。

　　如果对"抄袭"有兴趣，再想一想，"大雨的音符抄袭
瀑布的音符"行不行？"莎士比亚的标点抄袭苏东坡的标
点"行不行？"张献忠的鞋印抄袭黄巢的鞋印"行不行？鼾
声抄袭什么？（忘记雷鸣。）夕阳抄袭什么？（忘记醉翁。）杨
贵妃的脸抄袭什么？（忘记牡丹。）

　　文章造句在不停的变化之中，一连串的变化往往由某一
个句子开端，能够引发陆续变化的句子一定是好句子。写
作，开始跟着变化，后来造成变化。

灵感访谈

美学教授汉宝德谈灵论感

问：您是一位艺术家，也是一位艺术评论家，最近几年，又在工作之余，担任《中国时报》的专栏写作，对"灵感"一定有丰富的经验和深刻的见解，您认为所谓"灵感"的确是存在的吗？

答：我认为创造性的工作一定有灵感存在，尤其是伟大的创造，必定有伟大的灵感。

问：灵感也有大小之分吗？

答：我的感觉是：有。伟大的灵感是伟大的创造的前奏，琐碎的制作，小巧玲珑的制作，那是来自一种比较小巧、比较单薄的灵感。

问：灵感到底是什么？您怎么解释它？

答：我认为灵感是对问题一种创造性的看法，一种创造性的解决方法，它的出现是突然的，你不能预期它究竟会不会出现，究竟什么时候出现。它是你突然产生的一种觉悟。

问：让我想想看，我们把这个解释应用在文艺创作上。一个作家如何完成他的一篇作品，这是他遭遇到的一个问题，他可能思考了很久，仍然得不到答案，因为他希望他写出来的是一篇新鲜的，与众不同的，有才情智慧的文章。直到有一天，他忽然有一个看法，他忽然得到一种方法，使他的作品能够完成。这时候，我们就说他找到了灵感。对不对？

答：是的。我不知别人怎样解释灵感，我对灵感的解释大部分是根据现代学者对创作心理活动的研究。这种创造性的心理活动，不仅是在文艺创作的时候，在其他方面，例如科学发明，也同样会出现。

问：灵感是可以培养的吗？

答：灵感不会无缘无故产生，它有产生的基础。知识、经验、思想，都是它的基础，培养、扩大它的基础，就是培养灵感、增加灵感出现的可能。灵感不是自天而降的，它需要我们努力。从创作心理上说，这种努力并不限于本业本行，还需要越过本行的界限，广泛接触，在专业之外触类旁通。那些东西当时似乎没有什么用处，可是到了紧要关头，到了灵感出现的那一刹那，许多平时看来没有意义的东西，忽然有了新的意义；平时看来互不相干的东西，忽然连接成一种系统，一种秩序，你对问题的新看法、解决问题的新方法就在其中。

问：一个建筑家，他所需要的灵感，和一位专栏作家所需要的灵感，有什么分别？

答：给报纸写专栏，时间的压力很大，作者不但要保持高度的灵敏，还要保持写作的速度，在我看来，每一篇专栏都需要灵感；不过，那是属于所谓小的灵感，灵感产生以后，作品马上跟着完成。建筑、设计当然也需要灵感，但是，灵感的产生到作品的完成，不但需要很长的时间，而且中途难免有许多干扰，别人的意见参与进来，你必须调和、采纳别人的意见。这种过程与灵感无关，甚至足以毁灭灵感。大部分的建筑没有创造性，谈不上灵感，我想从灵感这个角度来说，文学家的境况要比较好些。

问：诚如您所说，建筑工程牵扯的因素太多，理智的成分很强，最后完成的作品，跟最初的想法可能有很大的出入。那些中途的改变，可能使建筑家丧失了他的灵感，不知道是否也会使建筑家得到新的灵感？

答：如果你把灵感解释成一种神秘的火花，那就不会；如果照我刚才对灵感的解释，那就很有可能。我有作画的经验，我也有很多朋友是画家，画家在作画之前，固然可能胸有成竹，然后画出竹子来；但是也可能他原来这样画，实际上却那样画了。我们刚才谈过，报纸的方块专栏，篇幅很短，写作的速度很快，由灵感的出现到作品的完成，变动不大，有点像画水彩，水彩泼下去，画就完成了，没有办法修改。如果写长篇小说，经验一定不同，很可能一面写作，一面修改，不仅修改文字，修改情节，也修改灵感，就像画油画一样，有些画家画一幅油画，画了几年还没有完成，那就是因为他不断地画、不断地修改。

问：从灵感的角度来说，经您设计完成的建筑，您对哪一件最满意？

答：我的本行是教书，我只在业余做建筑设计，说起来我的作品不多。

问：溪头的青年育乐中心是您设计的吧？

答：是的。

问：在溪头，您把建筑和风景很调和地联系起来，到过溪头的人都非常称赞，认为那些房子盖得很有灵气。

答：溪头是风景区，到过那里的人比较多，委托我做设计的"机关青年救国团"，作风也很开明，那是一次相当成功的合作。后来又替"救国团"设计洛韶山庄、天祥山庄。台北的中心诊所也是我设计的，委托的机关和使用的人都很满意。在台中，我替聚会所设计了一座教堂，那是一个很小的教堂。聚会所表示他们不要那种约定俗成的形象，他们要一个不像教堂的教堂；加上建筑用地的地形很狭长，当时对我来说有一种挑战的意味。做成以后，他们觉得那块空间很适合他们崇拜之用，他们很喜欢，我自己也很满意。

问：聚会所要盖一座教堂，又要求在设计的时候让它不像一般的教堂，那么在设计上就非突破传统不可，就要对教堂有新的观点，那么也就是需要灵感是不是？

答：是的。

问：这座教堂虽然表面上不像教堂，但是它也一定不像一般世俗的建筑。他们要摆脱已有的、固定的形象，您给他们一个新的形象。他们要求不要用教堂象征什么，您，一个艺术家，还是免不了要把这种象征隐藏在您的设计里面，您说是不是？

答：这栋房子的外表很平淡，但是，里面的空间使一个信奉上帝的人有崇拜的感觉。我也让这块很小的空间容纳最多的人，所以里面没有柱子。这座房子，除了聚会用的礼拜堂之外，还有学生宿舍、小型的会议室，我把这些房子连接成一体，把聚会用的空间藏在里面，悬在空中。聚会所是一个宗教情感非常强烈的团体，他们能够体会我的用意。

问：请问您，灵感来的时候有什么感觉？

答：倒没有什么很特殊的感觉，也许因为我没有产生伟大的灵感。有人说，他灵感来的时候会发烧；有人在得到灵感的时候，有一种难以自禁的狂喜，就像从前的那位物理学家，他在洗澡的时候发现了比重，他忘了穿衣服就跳出澡盆，冲出室外。这些感觉我都没有，大概我所得到的灵感都不够伟大。刚才我们谈过，灵感的产生起于全神贯注的追求，目标愈严肃，工作愈艰巨，压力愈沉重，一旦豁然贯通，所得到的愉快也一定愈大。

问：您的散文有自己独特的风格，在这种风格形成期间，您受哪些人的影响最大？

答：这个问题很难回答，因为我不是学文学的，我在这方面的成长不是有计划的。四年以前开始给《中国时报》写专栏，是出于一种偶然的因素。说起来，我的兴趣很广泛，文学也是我兴趣的一部分，但是并没有足够的机会去有计划地接受别人作品的影响。

问：您是一位业余的散文作家，据您的看法，业余的作家比职业作家是不是更容易保持发挥他的灵感？

答：照我刚才对灵感的解释，我想是这个样子。业余的散文作家，他的涉猎比较广泛，能够给灵感提供比较宽广的基础。除此以外，据我猜想，由灵感发生到作品完成，业余作家中途所受到的干扰也比较少。

问：作家有时候没有灵感，有时候又连续得到许多灵感来不及使用，您是否也有相同的经验？

答：两种经验都有。

问：如果灵感来了，一时来不及使用，您怎么储存您的灵感？

答：如果我认为那个灵感很重要，我会立刻把它记录下来；如果灵感是关于建筑方面的，我会立刻把它画下来；有时候，有些比较琐碎的灵感忽然涌现，忽然隐没，我也由它去了。我知道，我可能忘记了它，但是不会真正忘记，在某种情况下它会再来。

问：您在散文方面成就卓越，已经成为许多青年朋友羡慕的对象，您对于那些有志于文学写作的青年有什么忠告？

答：我的忠告是：不要只问怎样写文章，更要问为什么写文章。文学不是文字游戏，文学家透过文学来表达他的意念，来向社会展示他的观点。那么，你的观点是什么？值不值得写出来？这才是重要的问题。文字的表达能力，文学的表现方法，当然也很重要，不过那到底是技术问题。文学训练不是一种技术性的训练。

（王鼎钧访问·记录）

诗人高上秦（高信疆）谈灵感的滋味

问：您是一位诗人，一位有经验的编辑人，十年以来，有无数的稿件从您手上经过，由您来选择它，评鉴它，欣赏它，也淘汰它，请问以您的创作经验和编辑经验，灵感究竟是什么？

答：关于灵感，我们要落实下来谈。所谓灵感，我认为就是作者对人生现象的一种锐敏的感受和反哺。这是经过长时期的投入、省察、酝酿，而成为的一种丰富的内涵，一项秘密的财产，然后，由于外界的刺激，他的内心突然起了一阵震动，就像弓使琴弦震动一样，他升华了他的人生经验，又用极恰当的形式组合了他的人生经验，用最适当的媒介表达了他的人生经验。

问：灵感是可以培养的吗？

答：灵感不是天生的，不是神授的，它是对人生深度的投入，长期的观察，以及广阔的接纳，它是用无限的爱心、同情心来包容浸润它的世界，它是一种无止境的工作、蓄积、酝酿和等待。在这里我要特别强调等待，我的意思是说在不断的工作中要忍耐，在持续的挑战里要坚持。一个作家，他平时观察、蓄积、酝酿的东西，当时未必有用，甚至三年、五年也没有派上用处，可是，一切的准备都不会白费，只要他仍然坚持，仍然工作。总有一天，他蓄存的材料突然起了奇妙的变化，使他有豁然开朗、蓦然回首的感觉，一切的蓄积都成了源头活水，这最后的撞击并不是灵感，而是诱发灵感的一种力量，所以，对于灵感，我强调准备、忍耐，甚至工作，不强调偶然。

问：依您的解释，创作是需要灵感的吗？

答：依照我对灵感所下的定义，创作确实需要灵感。但它必须在人生和创作的实践里才能展现。

问：您在编辑工作当中，处理稿件，是否以灵感做取舍的标准？

答：灵感是一个重要的条件，我想别的编辑人大概也是一样，我是说，如果他们也承认我对灵感所下的定义。灵感可以使作品发前人所未发，有一种创造性；灵感使作品对读者产生强大的吸引力，有可读性；伟大的灵感甚至有一种穿透力，穿透时间、空间，使作品深透千寻人心、模塑万丈红尘，历久而弥新，更可以使作品具有永恒性。有可读性、创造性、永恒性的文章是每一个编辑人梦寐以求的。

问：究竟什么样的作品是有灵感的作品？我们怎样识别它？能定出项目来吗？

答：我想它必然是新鲜的、脱俗的、推陈出新的。它是一种综合的能力，在不同的事物间，建立新的关连和解释，给人一种重新观看宇宙人生的角度。还有它是有奇趣的、隽永有味的，它使我们得到在别的作品里面难以得到的趣味，即使别的作品也是一篇有灵感的好作品。它更是有深度的，有透视力的。它穿透人生现象的浮面，洞见更深更多的东西。当然，从形式上看，在文字运用或者结构组织方面，它也是别出蹊径、另开新运的。在这里我想说明的是：灵感没有规律，没有公式，分析不完，有时也让我们捉摸不定。它随时可以造成一种新的情况，新的标准。

问：照您的解说，灵感和作家的修养有密切的关系，那么天分呢？许多年轻朋友，人生经验很少，文学训练也并不充分，他们也常常能够写出很好的作品来，是不是？

答：是的，他们也常常有很好的灵感。我刚才说过，灵感是新鲜的，是反约定俗成的，是不肯人云亦云的，年轻朋友受别人的作品的影响比较少，文学上已形成的种种束缚，种种型范，加在他头上来限制他的机会比较少，因此，他们在作品里面往往表现出元气淋漓的原创力。我不愿意强调天分，我承认人的智慧是有差异的，但是调强天分往往足以对有意创作的人产生吓阻的力量，所以我强调准备、努力、工作与沉思，对生命多面开展的触觉，对人生的缜密的观察和了解；实际上，文学的天分也要透过这些，才能够磨练成器，才能够激发出火花。地层下的煤也许是天生的，但是创作是把煤开采出来。我想文学天才不必是早开早谢的昙花，也不必是一闪即逝的彗星，他可以大器晚成，他可以在长期的努力中求新求变，留下好几座高峰。法国的诗人蓝波在二十岁以前就写出很多作品，二十岁以后就停笔了，在文学界留下盛名，这样的例子究竟不多，我们也不希望它很多。

问：平常我们提到灵感，总是认为灵感对抒情的作品，对纯文艺的作品非常重要，请问知性的作品呢？理论、分析性的文章是不是也需要灵感？

答：我认为也需要灵感，当然这是根据我对灵感所下的定义。知性的文章固然需要学养功力，但是一样需要个人见解；固然需要分析、解释，却仍旧必需创意的综合。我们看看庄子、看看尼采的文章，字里行间到处闪耀着灵感的光芒。汤恩比是史学家，他的《历史研究》是史学巨著，他在这一部大书里面，对历史的演进，文化的兴衰，做了一个统一的解释，这个解释是他在白朗宁的诗句"你可以向他们挑战，可是教堂圣者默无反应"里得到的灵感。

问：有人认为训练分析的能力，训练议论判断的能力，可能阻塞灵感、扼杀灵感，您对这种看法有什么意见？

答：培养分析判断的能力，不可流为过分机械的训练，机械的训练、刻板的训练对灵性是一种压抑，时间久了会使人丧失浪漫的情趣，对外来事物的撞击失去锐敏反应的能力。如果有人说，分析和判断的训练对灵感有害，大概是指这种情形。

问：您一再说灵感是可以培养的，这种意见对立志写作的青年朋友非常有用，他们究竟应该怎样培养灵感？您愿意再做进一步的发挥吗？

答：培养灵感，读书是一个条件，不过读书不要为前人的成就所局限，而要准备跨越突破。旅行也有帮助，那是为了广泛地接触人生，看到人生的多样性；但是只要有很多的机会、很好的角度、很活泼的心胸来观察人生，不一定非旅行不可，而真正投入的工作，对事物专一的热诚，也是培养我们对特定事物的灵感的方式之一。自然，忍耐也是一个条件，刚才我已经说过了。此外我要说的是，学习写作技巧固然要谦虚，捕捉灵感、表现灵感却要有充分的自信，要有勇气。对一个作家来说，灵感是他生命力的最高发挥，也是他对生命的追求与肯定。我刚才说过，灵感不是约定俗成，不是等因奉此，所以灵感来了，不要去管它是不是符合谁下的定义，是不是符合谁的文艺理论，不要觉得自己的想法荒唐、幼稚，灵感是一种创造，而创造自来需要勇气。那些光辉灿烂的作品，都是要从信心出发，在信心中完成。

问：在您丰富的编辑阅历中，有没有发现近似重复的灵感？我的意思是说，不同的两个人，在不同的两个时空之中，完成了两篇不同的作品，他们绝不会互相抄袭，但是他们的作品大同小异，您有没有这种发现？

答：有的。但如果从高层次来要求，就少多了，这也有古今之分的。两个伟大心灵烘托出同样一分灵感，而且有相同的深度与质素，在传播媒介不发达，人间沟通不迅捷，生活步调简单、缓慢的时代，可能较多；生活在麦克鲁汉所说的"世界村"里的现代人，这种情况相对减少了，但却不是没有。

问：您怎样解释这种现象？是不是两个人的灵感可能重复或者近似？

答：就我们的生活条件来说，灵感可能近似，但是不会完全重复。进一步而言，两个人的灵感尽管近似，但是两个人完成作品的手法也未必相同。

问：您的意思是说，如果两篇作品的灵感难分轩轾，那就要从表现方法上区别优劣？

答：是的。除了表现方法之外，先完成先发表的作品应该优于后完成后发表的作品，因为前面的那个人，对我们文学总资产的质量增加了一点点，而后面那个人就失去了这个机会。

问：政府为了奖励科学发明，对发明的专利权有登记保障的制度，先发明先登记，晚了一步的人就吃了亏。文学家、艺术家的成就，也需要同样的制度来保护他们的权益吗？

答：在这一方面，我们已经开始起步，电影片的片名可以登记，书名可以登记。只不过，我们的社会做得还不够细微严密。但是已经有了开始，一本书如果登记了著作权，作者的权益就受到法律的保障，对于灵感的保障当然也包括在内。

问：怎样来避免自己的灵感和别人的重复呢？

答：深入地看，在今天灵感的全然重复是一种稀有的现象，是一种例外，当然，一般通俗层次里的事物或作品，灵感重复的可能性是较多的，这似乎不属于我们讨论的范围。灵感的产生牵涉到许多复杂的因素，特别在一个快速变迁的社会，他在这一位作家身上出现之后，极难有机会在另一位作家身上重新拷贝一次。时代天天在改变，生命的过程天天在变化。作家的精神内蕴是如此精密复杂，而外界的撞击又是如此的频繁强大，每一个作家应该有永远用不完的新题材，层出不穷的新意见。我想除非一个作家已经赶不上时代，跟时代脱节，或者失去了他的创造力，否则我们不用为这件事情替他担心。

问：谢谢您回答了这么多问题。最后，请您现身说法，从您自己的创作经验中举一个例子，来说明外界的刺激如何触发了您的灵感？

答：在我的创作经验里面，常常一种声音、一种色彩、一种气味、一组画面，甚至一个事件，都可能会唤起我生命中长期准备的一种感觉，或者长期储存的一种经验，新的和旧的忽然连接起来，融合为一。我在一九七二年写的《渔歌三叠》，它的来源是我以前在海边渔村附近游泳的经验，我成长时所听过的有关渔家的音乐，还有一组柯锡杰的摄影作品：《渔夫》，这些都留在我的记忆深处。有一天晚上，我从外面回家，跨进大门，就听见音乐，我的太太正在放一张唱片，一首苍凉的民歌：《一只鸟仔》。它突然触动了我，由鸟的漂泊无依唤起了柯锡杰那组照片的形象，再一回转，那首曲子竟与捕鱼的歌曲相互重叠，牵引出许许多多旧时的经验与情感，刹那间使我的心里有了一首诗的内容和它的形式，我坐下来就写，一气呵成，这是一种美妙的经验，也是一种难以说明的经验。

问：您已经说得相当清楚，我想我们都明白您的意思，谢谢！

（王鼎钧访问·记录）

小说作家师范谈灵感移植

问：您是一位小说家，对"灵感"有丰富的体认。您翻译过一本《实用想象学》，那本书直接间接讨论灵感、解释灵感。请问：《实用想象学》是一本什么样的书？

答：《实用想象学》的作者是美国奥斯朋博士。他是作家、教育家、企业家。他认为，不论工商企业或文学艺术都需要新的创造，创新需要想象力。《实用想象学》就在分析、提示我们如何得到、如何增加这种能力。

问：这本书出版以来，工商界人士非常重视，文艺作家却相当忽略，颇为可惜。在这里，请您告诉我们，依照《实用想象学》的论点，作家怎样才会得到灵感？

答：灵感来自大胆的想象，灵感是一种尚未被人发现的构想，隐藏在被人业已使用的众多构想之后，用想象力冲破老生常谈，冲破约定俗成，冲破惯例公式，就可以找到它。

问：这本书一定举了不少的例子吧？

答：是的。书中提到，当一般电影都在表演男老板坠入女速记员的情网时，一位编导让男的成为速记员，女的是老板，对男速记员一见倾心，拼命追求，由"他"坐在"她"的膝盖上速记。这是一部闹剧的灵感。

问：爱好文艺的青年朋友，很想知道大作家捕捉灵感的经验。书里面有没有这方面的材料？

答：有。这本书提到，大文豪雨果也会画画儿。有一次，他在准备作画的时候，一不小心，滴下墨水，弄脏画纸。他并没有习惯性地把纸丢掉，他把墨渍点染成一个大蜘蛛，伏在网中，另外有一个精灵正从网丝上爬过去。那幅画非常迷人。这本书告诉我们，许多作曲家找寻灵感的办法是坐在钢琴面前随手触碰琴键，用那些似乎是毫无意义的音调，突然启发他作曲的意愿。有些作家，坐在打字机前面，放任想象，想到什么就打什么，他也许满纸都是荒谬的、杂乱的东西，但是，由于思维已挣脱束缚，源源流出，他会"忽然"有意想不到的收获。《实用想象学》提到史蒂文生写《金银岛》的故事。据说，有一天，史蒂文生陪孩子玩耍，他画了一幅地图，一个海岛，有锯齿形的海岸，逗孩子高兴，他在地图下面写了三个字："金银岛"，马上，这本名著的人物和故事情节出现了。

问：有些大作家在写作之前养成了奇怪的习惯，例如闻一闻烂苹果之类。这跟灵感有什么关系？

答：这本书列举了许多作家在写作之前的固定习惯。Don Herold 要泡在澡盆里，英国喜剧作家康格里夫主张多听音乐，诗人雪莱用口吹动漂浮在水盆中的小纸船。……这些习惯，可以使准备写作的人摒除俗念，放松自己，以帮助想象力的驰骋。

问：除了"闻烂苹果"之类极端个人的例子以外，有什么人人可行的方式来招引灵感？

答：有。《实用想象学》提到好几项。第一是旅行。美国作家奥尼尔、海明威，是最显著的例子。旅行使我们头脑开阔，观念具体化；新环境和新朋友的接触也能刺激想象力。第二是散步。梭罗是最显著的例子。第三是读书，参考观摩别人的灵感。不过，读书的目的不是跟别人学样，而是设计如何跟别人已有的灵感不同。

问：在这本书里，你认为哪一段话最值得作家注意？

答：如果只选"一段话"，我认为该书作者奥斯朋劝工商企业界人士用练习写作来训练创造力，最有意思。他说："写作可以训练想象力，科学实验把写作能力认定为创造才能的基本要素。英国小说家本奈德确认写作对任何智力之增进都不可或缺。"奥斯朋站在教育和工商界的观点对写作的评价，值得每一位文艺作家深切体味。

问：奥斯朋认为，文艺作家和工商企业经营人有相同的地方？

答：奥斯朋认为，工商企业也是一种艺术。

问：那么，工商企业方面的创造力，也就是想象的能力，获得灵感的能力，也可以用于文艺创作？

答：可以这么说。《实用想象学》原是工商企业训练员工的教材，提到灵感部分，对文艺作家十分适用。例如，设计工业产品，有一种"倒置的技巧"。通常，针眼是在针的屁股上。一个叫霍华的人利用"倒置的技巧"，把线穿在针头上，发明了缝纫机。奇异灯泡工厂的康茂莱曾提出一个问题："为什么灯泡一直向下？为什么不使它向上？"他发明了一种新型的餐桌用灯，灯光照到天花板上再反射下来，十分柔和，其幅度恰可照明一张桌面。这种倒置的技巧，无疑地可以用在写作上。例如，小说情节通常由事件的开端写到事件的结束，"是否可以先从结束写起？"这种思考，可以给作品一个新的风貌。唐诗"中天明月好谁看"恐怕也是倒置的技巧吧，正常的顺序该是"谁看中天好明月"。

问：这一段话好极了！您能再多说一些吗？

答：在奥斯朋的这本书里，"增加"也是设计工业产品的一种方法。他鼓励工业人士常常思索："要增加什么？是不是应该加强？是不是应该加大？"一块玻璃只是一块玻璃，两块玻璃中间夹一层塑胶，就是不碎玻璃了。我们可以鼓励文艺作家有同样的想法。施耐庵把宋江三十六人的故事拿来，大加扩充，增添人物事件，成为《水浒传》。吴承恩把唐三藏取经的故事拿来，增添人物事件，写成《西游记》。秦桧用十二道金牌召岳飞班师。有一部电影从"十二道金牌"中得到灵感，用"增添法"大做文章，大意说当时各地豪杰阻挠秦桧的奸计，中途截拦金牌，使班师的命令无法到达前线，秦桧派出的特使，个个失败丧生，直到第十二个人才完成使命。这是历史上没有的事，是电影编导"增加"的，是这一部片子的特色、匠心所在。

问：这本书还提到别的方法没有？——产生灵感的方法？

答：有。

问：能不能都介绍出来？

答：不能。要是那样，我势必也得写一本书了。

问：您是一位小说家，又是公营企业的主管人员，对奥斯朋的理论是最恰当的见证人、诠释者。您能不能写一本书，把奥斯朋的理论进一步应用在文艺上？如果您写一本书，把奥斯朋提出的训练创造力的步骤方法拿来安排作家成长的阶梯，设计作家"修炼"的功课，岂不甚妙？

答：这是很好的"灵感"。可是，我实在抽不出时间来，有心无力。这个"灵感"，还是留着你自己完成吧！

问：灵感跟年龄有关系吗？"年纪老大，灵感枯竭"的说法是否可靠？

答：奥斯朋认为不可靠。他指出，歌德、郎费多、伏尔泰，都在老年写出伟大的作品。美国物理学家霍姆士五十岁开始写作，一举成名，七十岁达到文学事业的巅峰。弥尔顿写《失乐园》是六十二岁。马克·吐温写《夏娃日记》与《三万金元的遗产》是七十一岁。萧伯纳获得诺贝尔奖金是七十岁。

问：灵感跟性别有关吗？女人是否优于男人？

答：奥斯朋说，女人的想象力高出男人。他提到两个实验，一个证明女子的创造才能比男子高出百分之二十五，另一实验显示女子高出百分之四十。不过，女人发展其创造力的机会，一般而言比男人要少得多，因此，成就不很显著。

问：灵感跟教育程度的关系如何？

答：奥斯朋说，在创造的潜能方面，大学生与非大学生没有什么分别。他说："教育不是一个重要的因素。"他指出，发明电报的摩尔，发明汽船的富尔登，发明轧棉花机的惠特奈，在学历方面无足称道。他在引述例证的时候没有提到文艺作家。依我们自己的见闻和了解，作家的情况也是一样，创造力和学历并没有比例上关系。

问：谢谢您答复了这么多问题，您把《实用想象学》的内容精华介绍出来，给追求灵感的青年朋友帮助很大。最后，请问您对爱好写作的青年朋友有什么忠告？

答：我的忠告就是"马上写"。

（王鼎钧访问·记录）